STS

N5

合格全攻略！
新日檢
6回全真模擬試題

讀解・聽力・言語知識【文字・語彙・文法】

山田社日檢題庫小組・吉松由美・田中陽子・西村惠子　合著

6回聽解
MP3

STS

配合最新出題趨勢，模考內容全面換新！

百萬考生見證，權威題庫，就是這麼威！
出題的日本老師通通在日本，
持續追蹤日檢出題內容，重新分析出題重點，精準摸清試題方向！
讓您輕鬆取得加薪證照！

您是否做完模考後，都是感覺良好，但最後分數總是沒有想像的好呢？做模擬試題的關鍵，不是在於您做了多少回，而是，您是不是能把每一回都「做懂，做透，做爛」！

一本好的模擬試題，就是能讓您得到考試的節奏感，練出考試的好手感，並擁有一套自己的解題思路和技巧，對於千變萬化的題型，都能心中有數！

新日檢萬變，高分不變：

為掌握最新出題趨勢，本書的出題日本老師，通通在日本長年持續追蹤新日檢出題內容，徹底分析了歷年的新舊日檢考題，完美地剖析新日檢的出題心理。發現，日檢考題有逐漸變難的傾向，所以我們將新日檢模擬試題內容全面換新，製作了擬真度 100％ 的模擬試題。讓考生迅速熟悉考試內容，完全掌握必考重點，贏得高分！

摸透出題法則，搶分關鍵：

摸透出題法則的模擬考題，才是搶分關鍵，例如：「日語漢字的發音難點、把老外考得七葷八素的漢字筆畫，都是熱門考點；如何根據句意確定詞，根據詞意確定字；如何正確把握詞義，如近義詞的區別，多義詞的辨識；能否辨別句間邏輯關係，相互呼應的關係；如何掌握固定搭配、約定成俗的慣用型，就能加快答題速度，提高準確度；閱讀部分，品質和速度同時決定了最終的得分，如何在大腦裡建立好文章的框架」。只有徹底解析出題心理，合格證書才能輕鬆到手！

決勝日檢，全科備戰：

新日檢的成績，只要一科沒有到達低標，就無法拿到合格證書！而「聽解」測驗，經常為取得證書的絆腳石。

本書不僅擁有 6 回合大量的模擬聽解試題，更依照 JLPT 官方公佈的正式考試規格，請專業日籍老師錄製符合 N5 程度的標準東京腔光碟。透過模擬考的練習，把這 6 回「聽懂，聽透，聽爛」，來鍛鍊出「日語敏銳耳」！讓您題目一聽完，就知道答案是哪一個了。

掌握考試的節奏感，輕鬆取得加薪證照：

為了讓您有真實的應考體驗，本書完整輯錄「6 大回合超擬真模擬試題」，完全複製了整個新日檢的考試配分及題型。請您一口氣做完一回，不要做一半就做別的事。考試時要如臨考場：「審題要仔細，題意要弄清，遇到攔路虎，不妨繞道行；細中求速度，快中不忘穩；不要急著交頭卷，檢查要認真。」

這樣能夠體會真實考試中可能遇到的心理和生理問題，並調整好生物鐘，使自己的興奮點和考試時間同步，培養出良好的答題節奏感，從而更好的面對考試，輕鬆取得加薪證照。

找出一套解題思路和技巧，贏得高分：

為了幫您贏得高分，《合格全攻略！新日檢 6 回全真模擬試題 N 5》分析並深度研究了舊制及新制的日檢考題，不管日檢考試變得多刁鑽，掌握了原理原則，就掌握了一切！

確實做完這 6 回真題，然後認真分析，拾漏補缺，記錄難點，來回修改，將重點的內容重點複習，也就是做懂，做透，做爛這 6 回。這樣，您必定對解題思路和技巧都能爛熟於心。而且，把真題的題型做透，其實考題就那幾種，掌握了就一切搞定了。

相信自己，絕對合格：

有了良好的準備，最後，就剩下考試當天的心理調整了。不只要相信自己的實力，更要相信自己的運氣，心裡默唸「這個難度我一定沒問題」，您就「絕對合格」啦！

目録もくじ

一、什麼是新日本語能力試驗呢

1. 新制「日語能力測驗」

從2010年起實施的新制「日語能力測驗」（以下簡稱為新制測驗）。

1−1　實施對象與目的

　　新制測驗與舊制測驗相同，原則上，實施對象為非以日語作為母語者。其目的在於，為廣泛階層的學習與使用日語者舉行測驗，以及認證其日語能力。

1−2　改制的重點

改制的重點有以下四項：

1　測驗解決各種問題所需的語言溝通能力

　　新制測驗重視的是結合日語的相關知識，以及實際活用的日語能力。因此，擬針對以下兩項舉行測驗：一是文字、語彙、文法這三項語言知識；二是活用這些語言知識解決各種溝通問題的能力。

2　由四個級數增為五個級數

　　新制測驗由舊制測驗的四個級數（1級、2級、3級、4級），增加為五個級數（N1、N2、N3、N4、N5）。新制測驗與舊制測驗的級數對照，如下所示。最大的不同是在舊制測驗的2級與3級之間，新增了N3級數。

N1	難易度比舊制測驗的1級稍難。合格基準與舊制測驗幾乎相同。
N2	難易度與舊制測驗的2級幾乎相同。
N3	難易度介於舊制測驗的2級與3級之間。（新增）
N4	難易度與舊制測驗的3級幾乎相同。
N5	難易度與舊制測驗的4級幾乎相同。

＊「N」代表「Nihongo（日語）」以及「New（新的）」。

3　施行「得分等化」

由於在不同時期實施的測驗，其試題均不相同，無論如何慎重出題，每次測驗的難易度總會有或多或少的差異。因此在新制測驗中，導入「等化」的計分方式後，便能將不同時期的測驗分數，於共同量尺上相互比較。因此，無論是在什麼時候接受測驗，只要是相同級數的測驗，其得分均可予以比較。目前全球幾種主要的語言測驗，均廣泛採用這種「得分等化」的計分方式。

4　提供「日本語能力試驗Can-do 自我評量表」（簡稱JPT Can-do）

為了瞭解通過各級數測驗者的實際日語能力，新制測驗經過調查後，提供「日本語能力試驗Can-do 自我評量表」。該表列載通過測驗認證者的實際日語能力範例。希望通過測驗認證者本人以及其他人，皆可藉由該表格，更加具體明瞭測驗成績代表的意義。

1－3　所謂「解決各種問題所需的語言溝通能力」

我們在生活中會面對各式各樣的「問題」。例如，「看著地圖前往目的地」或是「讀著說明書使用電器用品」等等。種種問題有時需要語言的協助，有時候不需要。

為了順利完成需要語言協助的問題，我們必須具備「語言知識」，例如文字、發音、語彙的相關知識、組合語詞成為文章段落的文法知識、判斷串連文句的順序以便清楚說明的知識等等。此外，亦必須能配合當前的問題，擁有實際運用自己所具備的語言知識的能力。

舉個例子，我們來想一想關於「聽了氣象預報以後，得知東京明天的天氣」這個課題。想要「知道東京明天的天氣」，必須具備以下的知識：「晴れ（晴天）、くもり（陰天）、雨（雨天）」等代表天氣的語彙；「東京は明日は晴れでしょう（東京明日應是晴天）」的文句結構；還有，也要知道氣象預報的播報順序等。除此以外，尚須能從播報的各地氣象中，分辨出哪一則是東京的天氣。

如上所述的「運用包含文字、語彙、文法的語言知識做語言溝通，進而具備解決各種問題所需的語言溝通能力」，在新制測驗中稱

新制日檢的目的，是要把所學的單字、文法、句型…都加以活用喔。

喔～原來如此，學日語，就是要活用在生活上嘛！

為「解決各種問題所需的語言溝通能力」。

新制測驗將「解決各種問題所需的語言溝通能力」分成以下「語言知識」、「讀解」、「聽解」等三個項目做測驗。

語言知識	各種問題所需之日語的文字、語彙、文法的相關知識。
讀　解	運用語言知識以理解文字內容，具備解決各種問題所需的能力。
聽　解	運用語言知識以理解口語內容，具備解決各種問題所需的能力。

作答方式與舊制測驗相同，將多重選項的答案劃記於答案卡上。此外，並沒有直接測驗口語或書寫能力的科目。

2. 認證基準

新制測驗共分為N1、N2、N3、N4、N5五個級數。最容易的級數為N5，最困難的級數為N1。

與舊制測驗最大的不同，在於由四個級數增加為五個級數。以往有許多通過3級認證者常抱怨「遲遲無法取得2級認證」。為因應這種情況，於舊制測驗的2級與3級之間，新增了N3級數。

新制測驗級數的認證基準，如表1的「讀」與「聽」的語言動作所示。該表雖未明載，但應試者也必須具備為表現各語言動作所需的語言知識。

N4與N5主要是測驗應試者在教室習得的基礎日語的理解程度；N1與N2是測驗應試者於現實生活的廣泛情境下，對日語理解程度；至於新增的N3，則是介於N1與N2，以及N4與N5之間的「過渡」級數。關於各級數的「讀」與「聽」的具體題材（內容），請參照表1。

Q&A

Q：新制日檢級數前的「N」是指什麼？

A：「N」指的是「New（新的）」跟「Nihongo（日語）」兩層意思。

Q&A

Q：以前是4個級數，現在呢？

A：新制日檢改分為N1-N5。N3是新增的，程度介於舊制的2、3級之間。過去有許多考生反應，舊制2、3級層度落差太大，所以在這兩個級數之間，多設了一個N3的級數，您就想成是，準2級就行啦！

■ 表1　新「日語能力測驗」認證基準

	級數	認證基準
	級數	各級數的認證基準，如以下【讀】與【聽】的語言動作所示。各級數亦必須具備為表現各語言動作所需的語言知識。
困難　＊　↑	N1	能理解在廣泛情境下所使用的日語 【讀】・可閱讀話題廣泛的報紙社論與評論等論述性較複雜及較抽象的文章，且能理解其文章結構與內容。 ・可閱讀各種話題內容較具深度的讀物，且能理解其脈絡及詳細的表達意涵。 【聽】・在廣泛情境下，可聽懂常速且連貫的對話、新聞報導及講課，且能充分理解話題走向、內容、人物關係、以及說話內容的論述結構等，並確實掌握其大意。
	N2	除日常生活所使用的日語之外，也能大致理解較廣泛情境下的日語 【讀】・可看懂報紙與雜誌所刊載的各類報導、解說、簡易評論等主旨明確的文章。 ・可閱讀一般話題的讀物，並能理解其脈絡及表達意涵。 【聽】・除日常生活情境外，在大部分的情境下，可聽懂接近常速且連貫的對話與新聞報導，亦能理解其話題走向、內容、以及人物關係，並可掌握其大意。
	N3	能大致理解日常生活所使用的日語 【讀】・可看懂與日常生活相關的具體內容的文章。 ・可由報紙標題等，掌握概要的資訊。 ・於日常生活情境下接觸難度稍高的文章，經換個方式敘述，即可理解其大意。 【聽】・在日常生活情境下，面對稍微接近常速且連貫的對話，經彙整談話的具體內容與人物關係等資訊後，即可大致理解。

* 容 易 ↓	N4	能理解基礎日語 【讀】‧可看懂以基本語彙及漢字描述的貼近日常生活相關 　　　話題的文章。 【聽】‧可大致聽懂速度較慢的日常會話。
	N5	能大致理解基礎日語 【讀】‧可看懂以平假名、片假名或一般日常生活使用的基 　　　本漢字所書寫的固定詞句、短文、以及文章。 【聽】‧在課堂上或周遭等日常生活中常接觸的情境下，如 　　　為速度較慢的簡短對話，可從中聽取必要資訊。

＊N1最難，N5最簡單。

3. 測驗科目

新制測驗的測驗科目與測驗時間如表2所示。

■ 表2　測驗科目與測驗時間 ＊①

級數	測驗科目 （測驗時間）			
N1	語言知識（文字、語彙、 文法）、讀解 （110分）		聽解 （60分）	→ 測驗科目為 「語言知識 （文字、語 彙、文法）、 讀解」；以及 「聽解」共2 科目。
N2	語言知識（文字、語彙、 文法）、讀解 （105分）		聽解 （50分）	→
N3	語言知識（文 字、語彙） （30分）	語言知識（文 法）、讀解 （70分）	聽解 （40分）	→ 測驗科目為 「語言知識 （文字、語 彙）」； 「語言知識 （文法）、讀 解」；以及 「聽解」共3 科目。
N4	語言知識（文 字、語彙） （30分）	語言知識（文 法）、讀解 （60分）	聽解 （35分）	→
N5	語言知識（文 字、語彙） （25分）	語言知識（文 法）、讀解 （50分）	聽解 （30分）	→

N1與N2的測驗科目為「語言知識（文字、語彙、文法）、讀解」以及「聽解」共2科目；N3、N4、N5的測驗科目為「語言知識（文字、語彙）」、「語言知識（文法）、讀解」、「聽解」共3科目。

由於N3、N4、N5的試題中，包含較少的漢字、語彙、以及文法項目，因此當與N1、N2測驗相同的「語言知識（文字、語彙、文法）、讀解」科目時，有時會使某幾道試題成為其他題目的提示。為避免這個情況，因此將「語言知識（文字、語彙、文法）、讀解」，分成「語言知識（文字、語彙）」和「語言知識（文法）、讀解」施測。

＊①：聽解因測驗試題的錄音長度不同，致使測驗時間會有些許差異。

4. 測驗成績

4-1　量尺得分

舊制測驗的得分，答對的題數以「原始得分」呈現；相對的，新制測驗的得分以「量尺得分」呈現。

「量尺得分」是經過「等化」轉換後所得的分數。以下，本手冊將新制測驗的「量尺得分」，簡稱為「得分」。

4-2　測驗成績的呈現

新制測驗的測驗成績，如表3的計分科目所示。N1、N2、N3的計分科目分為「語言知識（文字、語彙、文法）」、「讀解」、以及「聽解」3項；N4、N5的計分科目分為「語言知識（文字、語彙、文法）、讀解」以及「聽解」2項。

會將N4、N5的「語言知識（文字、語彙、文法）」和「讀解」合併成一項，是因為在學習日語的基礎階段，「語言知識」與「讀解」方面的重疊性高，所以將「語言知識」與「讀解」合併計分，比較符合學習者於該階段的日語能力特徵。

■ 表3　各級數的計分科目及得分範圍

級數	計分科目	得分範圍
N1	語言知識（文字、語彙、文法）	0～60
	讀解	0～60
	聽解	0～60
	總分	0～180

N2	語言知識（文字、語彙、文法）	0〜60
	讀解	0〜60
	聽解	0〜60
	總分	0〜180
N3	語言知識（文字、語彙、文法）	0〜60
	讀解	0〜60
	聽解	0〜60
	總分	0〜180
N4	語言知識（文字、語彙、文法）、讀解	0〜120
	聽解	0〜60
	總分	0〜180
N5	語言知識（文字、語彙、文法）、讀解	0〜120
	聽解	0〜60
	總分	0〜180

　　各級數的得分範圍，如表3所示。N1、N2、N3的「語言知識（文字、語彙、文法）」、「讀解」、「聽解」的得分範圍各為0〜60分，三項合計的總分範圍是0〜180分。「語言知識（文字、語彙、文法）」、「讀解」、「聽解」各占總分的比例是1：1：1。

　　N4、N5的「語言知識（文字、語彙、文法）、讀解」的得分範圍為0〜120分，「聽解」的得分範圍為0〜60分，二項合計的總分範圍是0〜180分。「語言知識（文字、語彙、文法）、讀解」與「聽解」各占總分的比例是2：1。還有，「語言知識（文字、語彙、文法）、讀解」的得分，不能拆解成「語言知識（文字、語彙、文法）」與「讀解」二項。

　　除此之外，在所有的級數中，「聽解」均占總分的三分之一，較舊制測驗的四分之一為高。

4-3　合格基準

　　舊制測驗是以總分作為合格基準；相對的，新制測驗是以總分與分項成績的門檻二者作為合格基準。所謂的門檻，是指各分項成績至少必須高於該分數。假如有一科分項成績未達門檻，無論總分有多高，都不合格。

N5 題型分析

測驗科目 (測驗時間)				試題內容	
			題型		小題 題數 *	分析

測驗科目 (測驗時間)			題型		小題題數 *	分析
語言知識 (25分)	文字、語彙	1	漢字讀音	◇	12	測驗漢字語彙的讀音。
		2	假名漢字寫法	◇	8	測驗平假名語彙的漢字及片假名的寫法。
		3	選擇文脈語彙	◇	10	測驗根據文脈選擇適切語彙。
		4	替換類義詞	○	5	測驗根據試題的語彙或說法，選擇類義詞或類義說法。
語言知識、讀解 (50分)	文法	1	文句的文法1 （文法形式判斷）	○	16	測驗辨別哪種文法形式符合文句內容。
		2	文句的文法2 （文句組構）	◆	5	測驗是否能夠組織文法正確且文義通順的句子。
		3	文章段落的文法	◆	5	測驗辨別該文句有無符合文脈。
	讀解 *	4	理解內容 （短文）	○	3	於讀完包含學習、生活、工作相關話題或情境等，約80字左右的撰寫平易的文章段落之後，測驗是否能夠理解其內容。
		5	理解內容 （中文）	○	2	於讀完包含以日常話題或情境為題材等，約250字左右的撰寫平易的文章段落之後，測驗是否能夠理解其內容。

聽力變得好重要喔！

沒錯，以前比重只佔整體的1/4，現在新制高達1/3喔。

	讀解※	6	彙整資訊	◆	1	測驗是否能夠從介紹或通知等，約250字左右的撰寫資訊題材中，找出所需的訊息。
聽解（30分）		1	理解問題	◇	7	於聽取完整的會話段落之後，測驗是否能夠理解其內容（於聽完解決問題所需的具體訊息之後，測驗是否能夠理解應當採取的下一個適切步驟）。
		2	理解重點	◇	6	於聽取完整的會話段落之後，測驗是否能夠理解其內容（依據剛才已聽過的提示，測驗是否能夠抓住應當聽取的重點）。
		3	適切話語	◆	5	測驗一面看圖示，一面聽取情境說明時，是否能夠選擇適切的話語。
		4	即時應答	◆	6	測驗於聽完簡短的詢問之後，是否能夠選擇適切的應答。

＊「小題題數」為每次測驗的約略題數，與實際測驗時的題數可能未盡相同。此外，亦有可能會變更小題題數。

＊有時在「讀解」科目中，同一段文章可能會有數道小題。

＊新制測驗與舊制測驗題型比較的符號標示：

◆	舊制測驗沒有出現過的嶄新題型。
◇	沿襲舊制測驗的題型，但是更動部分形式。
○	與舊制測驗一樣的題型。

JLPT N5

試験問題

測驗時間共 105 分鐘

STS

文
字
・
語
彙

【測驗時間25分鐘】

第1回
だい　かい

言語知識（文字・語彙）

もんだい１　＿＿の　ことばは　ひらがなで　どう　かきますか。１・２・３・４
から　いちばん　いい　ものを　ひとつ　えらんで　ください。

（れい）　大きな　さかなが　およいで　います。
　　　１　おおきな　　　２　おきな　　　３　だいきな　　　４　たいきな

（かいとうようし）　| （れい） | ● ② ③ ④ |

1　あれが　わたしの　会社です。
　　１　がいしゃ　　　２　かいしや　　　３　ごうしゃ　　　４　かいしゃ

2　あなたの　きょうだいは　何人ですか。
　　１　なににん　　　２　なんにん　　　３　なんめい　　　４　いくら

3　ことしの　なつは　海に　いきたいです。
　　１　やま　　　２　うみ　　　３　かわ　　　４　もり

4　すこし　いえの　外で　まって　いて　ください。
　　１　そと　　　２　なか　　　３　うち　　　４　まえ

5　わたしの　すきな　じゅぎょうは　音楽です。
　　１　がっき　　　２　さんすう　　　３　おんがく　　　４　おんらく

6　わたしの　いえは　えきから　近いです。
　　１　とおい　　　２　ながい　　　３　みじかい　　　４　ちかい

7 そらに きれいな 月が でて います。

1 つき　　　　　2 くも　　　　　　　3 ほし　　　　　4 ひ

8 あねは ちかくの 町に すんで います。

1 むら　　　　　2 もり　　　　　　　3 まち　　　　　4 はたけ

9 午後は さんぽに いきます。

1 ごぜん　　　　2 ごご　　　　　　　3 ゆうがた　　　4 あした

10 わたしの 兄も にほんごを べんきょうして います。

1 あね　　　　　2 ちち　　　　　　　3 おとうと　　　4 あに

もんだい2　＿＿の　ことばは　どう　かきますか。1・2・3・4から　いちばん
いい　ものを　ひとつ　えらんで　ください。

（れい）　わたしは　あおい　はなが　すきです。

　　　　1　草　　　　　　2　花　　　　　　3　化　　　　　4　芸

　　（かいとうようし）　| （れい） | ① ● ③ ④ |

11　きょうも　ぷうるで　およぎました。

　　1　プール　　　　　2　プルー　　　　　3　プオル　　　　4　ブール

12　かさを　わすれたので、こまりました。

　　1　国りました　　　2　困りました　　　3　因りました　　　4　回りました

13　けさは　とても　さむいですね。

　　1　景いです　　　　2　暑いです　　　　3　者いです　　　　4　寒いです

14　おかねは　たいせつに　つかいましょう。

　　1　お全　　　　　　2　お金　　　　　　3　お会　　　　　4　お円

15　この　かどを　みぎに　まがると　としょかんです。

　　1　北　　　　　　　2　左　　　　　　　3　右　　　　　　4　式

16　しろい　はなが　さいて　います。

　　1　白い　　　　　　2　日い　　　　　　3　百い　　　　　4　色い

17　きょうは　がっこうを　やすみます。

　　1　体みます　　　　　　　　　　　2　休みます
　　3　木みます　　　　　　　　　　　4　休みます

18 とりが <u>ないて</u> います。

1 島いて   2 鳴いて   3 鳥いて   4 鳴いて

もんだい３　（　　　）に　なにを　いれますか。１・２・３・４から　いちばん
　　　　　　　いい　ものを　ひとつ　えらんで　ください。

（れい）　へやの　なかに　くろい　ねこが　（　　　　）。
　　　　　１　あります　　２　なきます　　　　　３　います　　　　　　　４　かいます

（かいとうようし）　｜（れい）｜①②●④｜

19　くつの　みせは　この　（　　　）の　２かいです。
　　１　マンション　　　２　アパート　　　　　３　ベッド　　　　　　４　デパート

20　つかれたので、ここで　ちょっと　（　　　）。
　　１　いそぎましょう　　　　　　　　　　２　やすみましょう
　　３　ならべましょう　　　　　　　　　　４　あいましょう

21　ごごから　あめに　なりましたので、ともだちに　かさを　（　　　）。
　　１　ぬれました　　２　かりません　　　３　さしました　　　４　かりました

22　そらが　くもって、へやの　なかが　（　　　）　なりました。
　　１　くらく　　　　　２　あかるく　　　３　きたなく　　　　４　せまく

23　なつやすみに　ほんを　五（　　　）　よみました。
　　１　ほん　　　　　２　まい　　　　　３　さつ　　　　４　こ

24　これは　きょねん　うみで　（　　　）　しゃしんです。
　　１　つけた　　　　２　とった　　　３　けした　　　４　かいた

25　あついので　まどを　（　　　）　ください。
　　１　あけて　　　　２　けして　　　３　しめて　　　　４　つけて

26 うるさいですね。みなさん、すこし　（　　　）　して　ください。

  1　げんきに　　　　2　くらく　　　　　　3　しずかに　　　　　4　あかるく

27 はこの　なかに　おかしが　（　　　）　はいって　います。

  1　よっつ

  2　ななつ

  3　やっつ

  4　みっつ

28 かばんは　まるい　いすの　（　　　）に　あります。

  1　した

  2　よこ

  3　まえ

  4　うえ

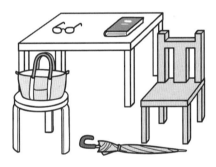

もんだい4 ___の ぶんと だいたい おなじ いみの ぶんが あります。
1・2・3・4から いちばん いい ものを ひとつ えらんで
ください。

(れい) その えいがは つまらなかったです。

1 その えいがは おもしろく なかったです。

2 その えいがは たのしかったです。

3 その えいがは おもしろかったです。

4 その えいがは しずかでした。

(かいとうようし) (れい) ● ② ③ ④

---

29 まいあさ こうえんを さんぽします。

1 けさ こうえんを さんぽしました。

2 あさは いつも こうえんを さんぽします。

3 あさは ときどき こうえんを さんぽします。

4 あさと よるは こうえんを さんぽします。

30 しろい ドアが いりぐちです。そこから はいって ください。

1 いりぐちには しろい ドアが あります。

2 しろい ドアから はいると そこが いりぐちです。

3 しろい ドアから はいって ください。

4 いりぐちの しろい ドアから でて ください。

31 この ふくは たかくなかったです。

1 この ふくは つまらなかったです。

2 この ふくは ひくかったです。

3 この ふくは とても たかかったです。

4 この ふくは やすかったです。

32 おとといまちでせんせいにあいました。

1 きのう まちで せんせいに あいました。

2 ふつかまえに まちで せんせいに あいました。

3 きょねん まちで せんせいに あいました。

4 おととし まちで せんせいに あいました。

33 トイレのばしょをおしえてください。

1 せっけんの ばしょを おしえて ください。

2 だいどころの ばしょを おしえて ください。

3 おてあらいの ばしょを おしえて ください。

4 しょくどうの ばしょを おしえて ください。

言語知識（文法）・読解

もんだい1 （　　　）に 何を 入れますか。1・2・3・4から いちばん
　　　　　いい ものを 一つ えらんで ください。

（れい） これ （　　　） わたしの かさです。

　　　1 は　　　　　2 を　　　　　3 や　　　　　4 に

（かいとうようし）　（れい）　● ② ③ ④

1　もんの まえ （　　　） かわいい 犬を 見ました。

　1 は　　　　　2 が　　　　　3 へ　　　　　4 で

2　あついので ぼうし （　　　） かぶりました。

　1 に　　　　　2 で　　　　　3 を　　　　　4 が

3　中野「内田さん （　　　） きのう なにを しましたか。」
　　内田「えいがに いきました。」

　1 が　　　　　2 に　　　　　3 で　　　　　4 は

4　母「たなの 上の おかしを たべたのは、あなたですか。」
　　子ども「はい。わたし （　　　） たべました。ごめんなさい。」

　1 が　　　　　2 は　　　　　3 で　　　　　4 へ

5　きのう、わたしは 友だち （　　　） こうえんに いきました。

　1 が　　　　　2 は　　　　　3 と　　　　　4 に

6　えきの まえの みちを 東 （　　　） あるいて ください。

　1 を　　　　　2 が　　　　　3 か　　　　　4 へ

7 先生「この 赤い かさは、田中さん（　　　）ですか。」

田中「はい、そうです。」

1　が　　　　　　2　を　　　　　　3　の　　　　　　4　や

8 A「あなたは がいこくの どこ（　　　）いきたいですか。」

B「スイスです。」

1　に　　　　　　2　を　　　　　　3　は　　　　　　4　で

9 わたしの 父は、母（　　　）3さい わかいです。

1　にも　　　　　2　より　　　　　3　では　　　　　4　から

10 これは 北海道（　　　）おくって きた 魚です。

1　でも　　　　　2　には　　　　　3　では　　　　　4　から

11 A「おきなわでも 雪が ふりますか。」

B「ふった ことは ありますが、あまり（　　　）。」

1　ふります　　　　　　　　　　2　ふりません

3　ふって いました　　　　　　4　よく ふります

12 A「魚が たくさん およいで いますね。」

B「そうですね。50ぴき（　　　）いるでしょう。」

1　ぐらい　　　　2　までは　　　　3　やく　　　　　4　などは

13 A「へやには だれか いましたか。」

B「いいえ、（　　　）いませんでした。」

1　だれが　　　　2　だれに　　　　3　だれも　　　　4　どれも

14 A「あなたは、その 人の（　　　）ところが すきですか。」

B「とても つよい ところです。」

1　どこの　　　　2　どんな　　　　3　どれが　　　　4　どこな

15 先生「あなたは、きのう　なぜ　学校を　やすんだのですか。」

　　　学生「おなかが　いたかった　（　　　　）です。」

　　1　から　　　　　　　2　より　　　　　　　3　など　　　　　　　4　まで

16 (電話で)

　　　山田「山田と　もうしますが、そちらに　田上さん　（　　　　）。」

　　　田上「はい、わたしが　田上です。」

　　1　では　ないですか　　　　　　　　　2　いましたか

　　3　いますか　　　　　　　　　　　　　4　ですか

もんだい2　＿★＿に　入る　ものは　どれですか。1・2・3・4から　いちばん
　　　　　いい　ものを　一つ　えらんで　ください。

（もんだいれい）

　　A「＿＿＿＿　＿＿＿＿　＿★＿　＿＿＿＿か。」
　　B「あの　かどを　まがった　ところです。」
　　1　どこ　　　　2　こうばん　　　　3　は　　　　4　です

（こたえかた）

1.　ただしい　文を　つくります。

　　　　A「＿＿＿＿＿＿　＿＿＿＿＿＿　＿＿★＿＿　＿＿＿＿＿＿か。」
　　　　　　2 こうばん　　　3 は　　　1 どこ　　　4 です
　　　　B「あの　かどを　まがった　ところです。」

2.　＿★＿に　入る　ばんごうを　くろく　ぬります。

　　（かいとうようし）　｜（れい）｜ ● ② ③ ④ ｜

17　（デパートで）
　　　客「ハンカチの　＿＿＿＿　＿＿＿＿　＿★＿　＿＿＿＿か。」
　　　店の人「2かいです。」
　　1　は　　　　　　2　みせ　　　　　　3　です　　　　　　4　なんがい

18　A「きのうは　なんじ＿＿＿＿　＿＿＿＿　＿★＿　＿＿＿＿か。」
　　B「9じはんです。」
　　1　家　　　　　　2　出ました　　　　3　を　　　　　　4　に

19 この へやは とても ＿＿＿ ★ ＿＿＿ ＿＿＿ね。

  1 です   2 て   3 ひろく   4 しずか

20 (本屋で)

店員「どんな 本を さがして いるのですか。」

客「かんたん＿＿＿ ＿＿＿ ★ ＿＿＿ さがして います。」

  1 えいごの   2 な   3 本   4 を

21 A「いえには どんな ペットが いますか。」

B「 ＿＿＿ ★ ＿＿＿ ＿＿＿よ。」

  1 犬   2 ねこが   3 と   4 います

もんだい3　　22　から　26　に　何を　入れますか。ぶんしょうの　いみを
　　　　　　　かんがえて、1・2・3・4から　いちばん　いい　ものを　一つ
　　　　　　　えらんで　ください。

日本で　べんきょうして　いる　学生が、「わたしと　パソコン」の　ぶんしょ
うを　書いて、クラスの　みんなの　前で　読みました。

　わたしは、まいにち　家で　パソコンを　つかって　います。パソコンは、
何かを　しらべる　ときに　とても　22　です。
　出かける　とき、どの　23　電車や　地下鉄に　乗るのかを　しらべた
り、店の　ばしょを　24　します。
　わたしたち　留学生は、日本の　まちを　あまり　25　ので、パソコン
が　ないと　とても　26　。

22
　　1　べんり　　　　2　高い　　　　　3　安い　　　　　4　ぬるい

23
　　1　学校で　　　　2　えきで　　　　3　店で　　　　　4　みちで

24
　　1　しらべる　　　2　しらべよう　　3　しらべて　　　4　しらべたり

25
　　1　しって　いる　　　　　　　　　2　おしえない
　　3　しらない　　　　　　　　　　　4　あるいて　いる

26
　　1　むずかしいです　　　　　　　　2　しずかです
　　3　いいです　　　　　　　　　　　4　こまります

もんだい4 つぎの (1)から (3)の ぶんしょうを 読んで、しつもんに こた
えて ください。こたえは、1・2・3・4から いちばん いい
ものを 一つ えらんで ください。

(1)

　わたしは 今日、母に おしえて もらいながら ホットケーキを 作りまし
た。先週 一人で 作った とき、じょうずに できなかったからです。今日は、
とても よく できて、父も、おいしいと 言って 食べました。

27 「わたし」は、今日、何を しましたか。

1 母に おしえて もらって ホットケーキを 作りました。
2 一人で ホットケーキを 作りました。
3 父と いっしょに ホットケーキを 作りました。
4 父に ホットケーキの 作りかたを ならいました。

(2)

　わたしの　いえは、えきの　まえの　ひろい　道を　まっすぐに　歩いて、花
やの　かどを　みぎに　まがった　ところに　あります。花やから　4けん先の
白い　たてものです。

28 「わたし」の　いえは　どれですか。

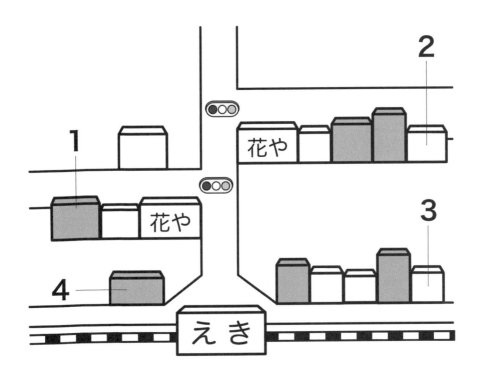

(3)

あしたの　ハイキングに　ついて　先生から　つぎの　話が　ありました。

○　　○　　○　　○　　○　　○　　○　　○　　○　　○　　○

　　あした、ハイキングに　行く　人は、朝、9時までに　学校に　来て　ください。前の　日に　病気を　して、ハイキングに　行く　ことが　できなく　なった　人は、朝の　7時までに　先生に　電話を　して　ください。
　　また、あした　雨で　ハイキングに　行かない　ときは、朝の　6時までに、先生が　みなさんに　電話を　かけます。

29 前の　日に　病気を　して、ハイキングに　行く　ことが　できなく　なった　ときは、どうしますか。

1　朝　6時までに　先生に　電話を　します。
2　朝　8時までに　先生に　メールを　します。
3　朝　7時までに　先生に　電話を　します。
4　夜の　9時までに　先生に　電話を　します。

Check □1 □2 □3

もんだい5　つぎの　ぶんしょうを　読んで、しつもんに　こたえて　ください。
　　　　　こたえは、1・2・3・4から　いちばん　いい　ものを　一つ　え
　　　　　らんで　ください。

　土曜日の　夕方から　雪が　ふりました。

　わたしが　すんで　いる　*九州では、雪は　あまり　ふりません。こんなに
たくさん　雪が　ふるのを　はじめて　見たので、わたしは　とても　うれしく
なりました。

　くらく　なった　空から　白い　雪が　*つぎつぎに　ふって　きて、とても
きれいでした。わたしは、長い　間　まどから　雪を　見て　いましたが、12時
ごろ　ねました。

　日曜日の　朝7時ごろ、「シャッ、シャッ」と　いう　音を　聞いて、おきま
した。雪は　もう　ふって　いませんでした。門の　外で、母が　*雪かきを　し
て　いました。日曜日で　がっこうも　休みなので　まだ　ねて　いたかったの
ですが、わたしも　おきて　雪かきを　しました。

　近くの　子どもたちは、たのしく　雪で　あそんで　いました。

*九州：日本の　南の　方の　島。

*つぎつぎに：一つの　ことや　もののすぐあとに、同じ　ことや　ものがくる。

*雪かき：つもった　雪を　道の　右や　左に　あつめて、通る　ところを　作る　こと。

30　「わたし」は、どうして　うれしく　なりましたか。

　1　土曜日の　夕方に　雪が　つもったから
　2　雪が　ふるのが　とても　きれいだったから
　3　雪を　はじめて　見たから
　4　雪が　たくさん　ふるのを　はじめて　見たから

31　「わたし」は、日曜日の　朝　何を　しましたか。

　1　7時に　おきて　がっこうに　行きました。
　2　子どもたちと　雪で　あそびました。
　3　朝　はやく　おきて　雪かきを　しました。
　4　雪の　つもった　まちを　歩きました。

もんだい6　下の　「図書館のきまり」を　見て、下の　しつもんに　こたえて
　　　　　　ください。こたえは、1・2・3・4から　いちばん　いい　ものを
　　　　　　一つ　えらんで　ください。

32　田中さんは　3月9日、日曜日に　本を　3冊　借りました。
　　　何月何日までに　返しますか。
　　　1　3月23日
　　　2　3月30日
　　　3　3月31日
　　　4　4月1日

図書館のきまり

○　時間　　午前9時から午後7時まで
○　休み　　毎週月曜日

　　　　　*また、毎月30日（2月は28日）は、お
　　　　　休みです。

○　1回に、一人3冊までかりることができます。
○　借りることができるのは3週間です。

　　　　　*3週間あとの日が図書館の休みの日のときは、
　　　　　その次の日までにかえてください。

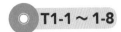

答對：
／24題

聴解

もんだい1

　もんだい1では、はじめに　しつもんを　きいて　ください。それから　はなしを
きいて、もんだいようしの　1から4の　なかから、いちばん　いい　ものを　ひとつ
えらんで　ください。

れい

1 ばん

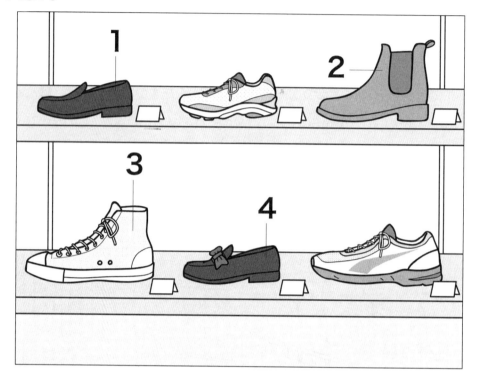

2 ばん

1　1 かい

2　2 かい

3　3 かい

4　4 かい

3ばん

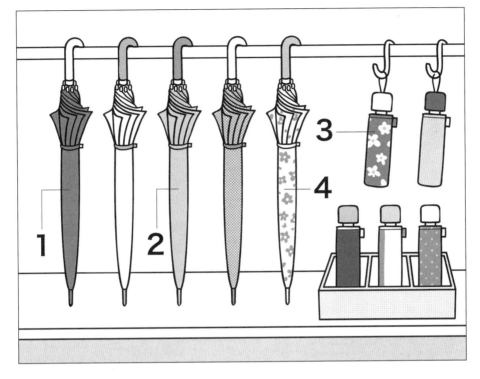

4ばん

1 歩いて行きます

2 電車で行きます

3 バスで行きます

4 タクシーで行きます

5ばん

6ばん

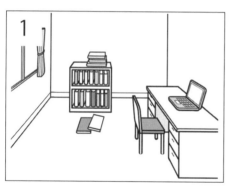
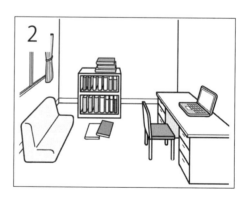

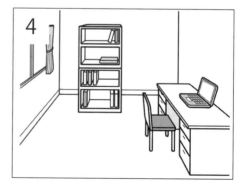

Check □1 □2 □3

7ばん

1　かさをプレゼントします

2　あたらしいふくをプレゼントします

3　天ぷらを食べます

4　天ぷらを作ります

もんだい2

T1-9〜1-15

　もんだい2では、はじめに　しつもんを　きいて　ください。それから　はなしを
きいて、もんだいようしの　1から4の　なかから、いちばん　いい　ものを　ひとつ
えらんで　ください。

れい

1　自分の家

2　会社の近くのえき

3　レストラン

4　おかし屋

1ばん

1　30分

2　1時間

3　1時間半

4　2時間

2ばん

1　861―3201

2　861―3204

3　861―3202

4　861―3402

3ばん

1　本屋

2　ぶんきゅうどう

3　くつ屋

4　きっさてん

4ばん

1　午後2時

2　午後4時

3　午後5時30分

4　帰りません

Check □1 □2 □3

5ばん

1　自分の部屋のそうじをしました

2　せんたくをしました

3　母と出かけました

4　母にハンカチを返しました

6ばん

1　トイレットペーパー

2　ティッシュペーパー

3　せっけん

4　何も買ってきませんでした

もんだい 3

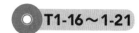

　　もんだい 3 では、えを　みながら　しつもんを　きいて　ください。

➡（やじるし）の　ひとは、なんと　いいますか。1 から 3 の　なかから、
いちばん　いい　ものを　ひとつ　えらんで　ください。

れい

1ばん

2ばん

3ばん

4ばん

Check ☐1 ☐2 ☐3

5ばん

もんだい 4

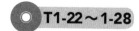

　もんだい4は、えなどが　ありません。ぶんを　きいて、1から3の　なかから、いちばん　いい　ものを　ひとつ　えらんで　ください。

— メモ —

MEMO

文
字
・
語
彙

【測驗時間25分鐘】

第2回

言語知識（文字・語彙）

もんだい1 ＿＿＿の ことばは ひらがなで どう かきますか。1・2・3・4
から いちばん いい ものを ひとつ えらんで ください。

(れい) 大きな さかなが およいで います。

　　1 おおきな　　　2 おきな　　　3 だいきな　　　4 たいきな

(かいとうようし)　(れい)　● ② ③ ④

1 きょうしつは とても 静かです。
　　1 たしか　　　2 おだやか　　　3 しずか　　　4 あたたか

2 えんぴつを 何本 かいましたか。
　　1 なにほん　　　2 なんぼん　　　3 なんほん　　　4 いくら

3 やおやで くだものを 買って かえります。
　　1 うって　　　2 かって　　　3 きって　　　4 まって

4 わたしには 弟が ひとり います。
　　1 おとうと　　　2 おとおと　　　3 いもうと　　　4 あね

5 わたしは 動物が すきです。
　　1 しょくぶつ　　2 すうがく　　　3 おんがく　　　4 どうぶつ

6 きょうは よく 晴れて います。
　　1 くれて　　　2 かれて　　　3 はれて　　　4 たれて

7 よる　おそくまで　仕事を　しました。

1　しごと　　　　　2　かじ　　　　　　　3　しゅくだい　　　4　しじ

8 2週間　まって　ください。

1　にねんかん　　　　　　　　　　2　にかげつかん

3　ふつかかん　　　　　　　　　　4　にしゅうかん

9 夕方　おもしろい　テレビを　見ました。

1　ゆうかた　　　2　ゆうがた　　　　3　ごご　　　　　4　ゆうひ

10 父は　いま　りょこうちゅうです。

1　はは　　　　　2　あに　　　　　3　ちち　　　　　4　おば

もんだい2　＿＿の　ことばは　どう　かきますか。1・2・3・4から　いちばん　いい　ものを　ひとつ　えらんで　ください。

(れい)　わたしは　あおい　はなが　すきです。

　　　　1　草　　　　　　2　花　　　　　　3　化　　　　　　4　芸

　　(かいとうようし)　　(れい)　① ● ③ ④

11　ぽけっとから　ハンカチを　だしました。

　1　ポケット　　　　　　　　　　　2　ポッケット
　3　ポケット　　　　　　　　　　　4　ホケット

12　ゆきが　ふりました。

　1　雪　　　　　　　　　　　　　　2　雪
　3　雨　　　　　　　　　　　　　　4　雷

13　にしの　そらが　あかく　なって　います。

　1　東　　　　　　2　北　　　　　　3　四　　　　　　4　西

14　あには　あさ　8時には　かいしゃに　行きます。

　1　会社　　　　　2　合社　　　　　3　回社　　　　　4　会車

15　すこし　まって　ください。

　1　大し　　　　　2　多し　　　　　3　少し　　　　　4　小し

16　あねは　とても　かわいい　人です。

　1　姉　　　　　　2　兄　　　　　　3　弟　　　　　　4　妹

17　ひゃくえんで　なにを　かいますか。

　1　白円　　　　　2　千円　　　　　3　百冊　　　　　4　百円

18 わたしは <u>ほん</u>を よむのが すきです。

1 木　　　　　2 本　　　　　3 末　　　　　4 未

もんだい3　（　　　）に　なにを　いれますか。1・2・3・4から　いちばん
　　　　　いい　ものを　ひとつ　えらんで　ください。

（れい）　へやの　なかに　くろい　ねこが　（　　　）。
　　　　　1　あります　　　　2　なきます　　　　3　います　　　　4　かいます

（かいとうようし）　| （れい） | ① ② ● ④ |

19　5かいには　この　（　　　）で　行って　ください。
　　1　アパート　　　　　　　　　　2　デパート
　　3　カート　　　　　　　　　　　4　エレベーター

20　きょうは　とても　かぜが　（　　　）　です。
　　1　ながい　　　　　2　つよい　　　　　3　みじかい　　　　　4　たかい

21　この　えは　だれが　（　　　）。
　　1　とりましたか　　　　　　　　2　つくりましたか
　　3　かきましたか　　　　　　　　4　さしましたか

22　ぎゅうにくは　すきですが、ぶたにくは　（　　　）。
　　1　きらいです　　　　　　　　　2　すきです
　　3　たべます　　　　　　　　　　4　おいしいです

23　せんせいが　テストの　かみを　3（　　　）ずつ　わたしました。
　　1　ねん　　　　　2　ぼん　　　　　3　まい　　　　　4　こ

24　くらいので　でんきを　（　　　）　ください。
　　1　ふいて　　　　　2　つけて　　　　　3　けして　　　　　4　おりて

25　（　　　）に　みずを　入れます。
　　1　コップ　　　　　2　ほん　　　　　3　えんぴつ　　　　　4　サラダ

Check □1 □2 □3

26 あそこに　（　　　）　いるのは、なんと　いう　はなですか。

　1　ないて　　　　　2　とって　　　　　3　さいて　　　　　4　なって

27 いもうとは　かぜを　（　　　）　ねて　います。

　1　ひいて　　　　　2　ふいて　　　　　3　きいて　　　　　4　かかって

28 ことし、みかんの　木に　はじめて　みかんが　（　　　）　なりました。

　1　よっつ

　2　いつつ

　3　むっつ

　4　ななつ

もんだい4　＿＿の　ぶんと　だいたい　おなじ　いみの　ぶんが　あります。
　　　　　1・2・3・4から　いちばん　いい　ものを　ひとつ　えらんで
　　　　　ください。

(れい)　<u>その　えいがは　つまらなかったです。</u>
　1　その　えいがは　おもしろく　なかったです。
　2　その　えいがは　たのしかったです。
　3　その　えいがは　おもしろかったです。
　4　その　えいがは　しずかでした。

　　(かいとうようし)　

29　<u>まいにち　だいがくの　しょくどうで　ひるごはんを　たべます。</u>
　1　いつも　あさごはんは　だいがくの　しょくどうで　たべます。
　2　いつも　ひるごはんは　だいがくの　しょくどうで　たべます。
　3　いつも　ゆうごはんは　だいがくの　しょくどうで　たべます。
　4　いつも　だいがくの　しょくどうで　しょくじを　します。

30　<u>あなたの　いもうとは　いくつですか。</u>
　1　あなたの　いもうとは　どこに　いますか。
　2　あなたの　いもうとは　なんねんせいですか。
　3　あなたの　いもうとは　なんさいですか。
　4　あなたの　いもうとは　かわいいですか。

31　<u>あねは　からだが　つよく　ないです。</u>
　1　あねは　からだが　じょうぶです。
　2　あねは　からだが　ほそいです。
　3　あねは　からだが　かるいです。
　4　あねは　からだが　よわいです。

Check □1 □2 □3

32 1ねん　まえの　はる　にほんに　きました。
1　ことしの　はる　にほんに　きました。
2　きょねんの　はる　にほんに　きました。
3　2ねん　まえの　はる　にほんに　きました。
4　おととしの　はる　にほんに　きました。

33 この　ほんを　かりたいです。
1　この　ほんを　かって　ください。
2　この　ほんを　かりて　ください。
3　この　ほんを　かして　ください。
4　この　ほんを　かりて　います。

言語知識（文法）・読解

もんだい1　（　　　）に　何を　入れますか。1・2・3・4から　いちばん
　　　　　　いい　ものを　一つ　えらんで　ください。

(れい)　これ（　　　）わたしの　かさです。

　　　　1　は　　　　　2　を　　　　　3　や　　　　　4　に

　　　(かいとうようし)　| (れい) | ● ② ③ ④ |

1　あの　店（　　　）りょうりは　とても　おいしいです。

　　1　は　　　　　　2　に　　　　　　3　の　　　　　　4　を

2　しずかに　ドア（　　　）あけました。

　　1　を　　　　　　2　に　　　　　　3　が　　　　　　4　へ

3　A「あなたは　あした　だれ（　　　）会うのですか。」
　　　B「小学校の　ときの　友だちです。」

　　1　は　　　　　　2　が　　　　　　3　へ　　　　　　4　と

4　A「ゆうびんきょくは　どこですか。」
　　　B「この　かどを　左（　　　）まがった　ところです。」

　　1　に　　　　　　2　は　　　　　　3　を　　　　　　4　から

5　A「きのう、わたし（　　　）あなたに　言った　ことを　おぼえて　いま
　　　　すか。」
　　　B「はい。よく　おぼえて　います。」

　　1　は　　　　　　2　に　　　　　　3　が　　　　　　4　へ

6　わたし（　　　）兄が　二人　います。

　　1　まで　　　　　2　では　　　　　3　から　　　　　4　には

7 A「これは （　　　） 国の ちずですか。」

B「オーストラリアです。」

1　だれの　　　　2　どこの　　　　　　3　いつの　　　　4　何の

8 あねは ギターを ひき（　　　） うたいます。

1　ながら　　　　2　ちゅう　　　　　　3　ごろ　　　　　4　たい

9 学生が 大学の まえの 道（　　　） あるいて います。

1　や　　　　　　2　を　　　　　　　　3　が　　　　　　4　に

10 夕ご飯を たべた（　　　） おふろに 入ります。

1　まま　　　　　2　まえに　　　　　　3　すぎ　　　　　4　あとで

11 母「しゅくだいは （　　　） おわりましたか。」

子ども「あと すこしで おわります。」

1　まだ　　　　　2　もう　　　　　　　3　ずっと　　　　4　なぜ

12 A「（　　　） 飲み物は ありませんか。」

B「コーヒーが ありますよ。」

1　何か　　　　　2　何でも　　　　　　3　何が　　　　　4　どれか

13 すこし つかれた（　　　）、ここで やすみましょう。

1　と　　　　　　2　のに　　　　　　　3　より　　　　　4　ので

14 としょかんは、土曜日から 月曜日（　　　） おやすみです。

1　も　　　　　　2　まで　　　　　　　3　に　　　　　　4　で

15 母と デパート（　　　） 買い物を します。

1　で　　　　　　2　に　　　　　　　　3　を　　　　　　4　は

16 A「この 本は おもしろいですよ。」

B「そうですか。わたし（　　　）読みたいので、かして くださいませんか。」

1 は　　　　　2 に　　　　　3 も　　　　　4 を

もんだい2 ___★___に 入る ものは どれですか。1・2・3・4から いちばん
いい ものを 一つ えらんで ください。

（もんだいれい）

A「_____ _____ ___★___ _____か。」
B「あの かどを まがった ところです。」
1 どこ 　　　　2 こうばん 　　　　3 は 　　　　4 です

（こたえかた）

1. ただしい 文を つくります。

> A「_____ _____ ___★___ _____か。」
> 　　2 こうばん 　　　3 は 　　　1 どこ 　　　4 です
> B「あの かどを まがった ところです。」

2. ___★___に 入る ばんごうを くろく ぬります。

（かいとうようし） | （れい） | ● ② ③ ④ |

---

17 A「けさは _____ ___★___ _____ _____か。」
　　　B「7時半です。」

1 おき 　　　　2 に 　　　　3 なんじ 　　　　4 ました

18 A「らいしゅう _____ _____ ___★___ _____か。」
　　　B「はい、行きたいです。」

1 ません 　　　　2 に 　　　　3 パーティー 　　　　4 行き

---

19 A「山田さんは　どんな　人ですか。」

B「とても　_____　★　_____　_____よ。」

　　1　人　　　　　　　2　です　　　　　　　3　きれいで　　　　4　たのしい

20 A「まだ　えいがは　はじまらないのですか。」

B「そうですね。_____　_____　★　_____ます。」

　　1　ほどで　　　　　2　10分　　　　　　　3　はじまり　　　　4　あと

21 A「お父さんは　どこに　つとめて　いますか。」

B「_____　_____　★　_____。」

　　1　います　　　　　2　銀行　　　　　　　3　つとめて　　　　4　に

もんだい3 　22　 から 　26　 に 何を 入れますか。ぶんしょうの いみを かんがえて、1・2・3・4から いちばん いい ものを 一つ えらんで ください。

日本で べんきょうして いる 学生が、「わたしの 町の 店」について ぶんしょうを 書いて、クラスの みんなの 前で 読みました。

わたしが 日本に 来た ころ、駅 　22　 アパートへ 行く 道には 小さな 店が ならんで いて、八百屋さんや 魚屋さんが 　23　。
　24　、2か月前 その 小さな 店が ぜんぶ なくなって、大きな スーパーマーケットに なりました。
スーパーには、何 　25　 あって べんりですが、八百屋や 魚屋の おじさん おばさんと 話が できなく なったので、　26　 なりました。

22

1 へ 　　　　2 に 　　　　3 から 　　　　4 で

23

1 あります 　　2 ありました 　　3 います 　　4 いました

24

1 また 　　　　2 だから 　　　　3 では 　　　　4 しかし

25

1 も 　　　　2 さえ 　　　　3 でも 　　　　4 が

26

1 つまらなく 　2 近く 　　　　3 しずかに 　　　4 にぎやかに

もんだい4 つぎの (1)から (3)の ぶんしょうを 読んで、しつもんに こたえて ください。こたえは、1・2・3・4から いちばん いい ものを 一つ えらんで ください。

(1)

　わたしは 大学生です。わたしの 父は 大学で 英語を おしえて います。母は 医者で、病院に つとめて います。姉は 会社に つとめて いましたが、今は けっこんして、東京に すんで います。

27 「わたし」の お父さんの しごとは 何ですか。
　1 医者
　3 大学の 先生
　2 大学生
　4 会社員

これは、わたしが とった 家族の しゃしんです。父は とても 背が 高く、母は あまり 高く ありません。母の 右に 立って いるのは、母の お父さんで、その となりに いるのが 妹です。 父の 左で いすに すわって いるのは 父の お母さんです。

28 「わたし」の 家族の しゃしんは どれですか。

(3)

テーブルの うえに たかこさんの お母さんの メモが ありました。

○
たかこ さん

○
　午後から 出かける ことに なりました。7時ごろには か
えります。れいぞうこに ぶたにくと じゃがいもと にんじ
○
んが あるので、夕飯を 作って、まって いて ください。
○

29 たかこさんは、お母さんが いない あいだ、何を しますか。

1 ぶたにくと じゃがいもと にんじんを かいに 行きます。

2 れいぞうこに 入って いる もので 夕飯を 作ります。

3 7時ごろまで お母さんの かえりを まちます。

4 学校の しゅくだいを して おきます。

もんだい5　つぎの　ぶんしょうを　読んで、しつもんに　こたえて　ください。

こたえは、1・2・3・4から　いちばん　いい　ものを　一つ　え

らんで　ください。

　きのうは、中村さんと　いっしょに　音楽会に　行く　日でした。音楽会は　1時半に　はじまるので、中村さんと　わたしは、1時に　池田駅の　花屋の　前で　会う　ことに　しました。

　わたしは、1時から、西の　出口の　花屋の　前で　中村さんを　まちました。しかし、10分すぎても、15分すぎても、中村さんは　来ません。わたしは、中村さんに　けいたい電話を　かけました。

　電話に　出た　中村さんは「わたしは　1時10分前から　東の　出口の　花屋の　前で　まって　いますよ。」と　言います。わたしは、西の　出口の　花屋の　前で　まって　いたのです。

　わたしは　走って　東の　出口に　行きました。そして、まって　いた　中村さんと　会って、音楽会に　行きました。

30　中村さんが　来なかった　とき、「わたし」は　どう　しましたか。

1　東の　出口で　ずっと　まって　いました。

2　西の　出口に　行きました。

3　けいたい電話を　かけました。

4　いえに　かえりました。

31　中村さんは、どこで　「わたし」を　まって　いましたか。

1　西の　出口の　花屋の　前

2　東の　出口の　花屋の　前

3　音楽会を　する　ところ

4　中村さんの　いえ

もんだい6　下の　郵便料金の　表を　見て、下の　しつもんに　こたえて　ください。こたえは、1・2・3・4から　いちばん　いい　ものを　一つ　えらんで　ください。

32　中山さんは、200gの　手紙を　速達で　出します。いくらの　切手を　はりますか。

1　250円　　　　2　280円　　　　3　650円　　　　4　530円

郵便料金
（てがみやはがきなどを出すときのお金）

定形郵便物　＊1	25g 以内＊2	82 円
	50g 以内	92 円
定形外郵便物　＊3	50g 以内	120 円
	100g 以内	140 円
	150g 以内	205 円
	250g 以内	250 円
	500g 以内	400 円
	1kg 以内	600 円
	2kg 以内	870 円
	4kg 以内	1,180 円
はがき	通常はがき	52 円
	往復はがき	104 円
速達　＊4	250g 以内	280 円
	1kg 以内	380 円
	4kg 以内	650 円

＊1　定形郵便物　郵便の会社がきめた大きさで50gまでのてがみ。

＊2　25g以内　25gより重くありません。

＊3　定形外郵便物　定形郵便物より大きいか小さいか、または重いてがみやにもつ。

＊4　速達　ふつうより早くつくこと。

もんだい１

　もんだい１では、はじめに　しつもんを　きいて　ください。それから　はなしを　きいて、もんだいようしの　１から４の　なかから、いちばん　いい　ものを　ひとつ　えらんで　ください。

れい

1ばん

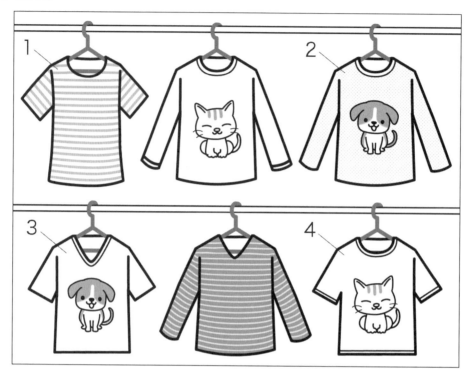

2ばん

1　1かい

2　2かい

3　3かい

4　4かい

3ばん

1　3 時

2　3 時 20 分

3　3 時 30 分

4　3 時 40 分

回數

1

2

3

4

5

6

4ばん

5ばん

1 客の名前を紙に書く

2 名前を書いた紙を客にわたす

3 客の名前を書いた紙をつくえの上にならべる

4 入り口につくえをならべる

6ばん

1 5番

2 8番

3 5番か8番

4 バスにはのらない

7ばん

1　えき

2　ちゅうおうとしょかん

3　こうえん

4　えきまえとしょかん

もんだい2

もんだい2では、はじめに　しつもんを　きいて　ください。それから　はなしを
きいて、もんだいようしの　1から4の　なかから、いちばん　いい　ものを　ひとつ
えらんで　ください。

れい

　　1　自分の家

　　2　会社の近くのえき

　　3　レストラン

　　4　おかし屋

1ばん

1　0248—98—3025

2　0248—98—3026

3　0248—98—3027

4　0247—98—3026

2ばん

1　5人

2　7人

3　8人

4　9人

3ばん

1 こうえん

2 こどものへや

3 がっこう

4 デパート

4ばん

1 34ページ全部と35ページ全部

2 34ページの1・2番と35ページの1番

3 34ページの3番と35ページの2番

4 34ページの2番と35ページの3番

Check □1 □2 □3

5ばん

1　1時間

2　1時間30分

3　2時間

4　3時間

回數

1

2

3

4

5

6

6ばん

1　5人

2　7人

3　9人

4　10人

もんだい３

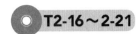

　もんだい３では、えを　みながら　しつもんを　きいて　ください。

➡　（やじるし）の　ひとは、なんと　いいますか。１から３の　なかから、
いちばん　いい　ものを　ひとつ　えらんで　ください。

れい

Check □１ □２ □３

1ばん

2ばん

3ばん

4ばん

Check ☐1 ☐2 ☐3

5 ばん

もんだい４

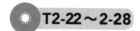

　もんだい４は、えなどが　ありません。ぶんを　きいて、１から３の　なかから、いちばん　いい　ものを　ひとつ　えらんで　ください。

― メモ ―

MEMO

第3回

言語知識（文字・語彙）

もんだい1　＿＿の　ことばは　ひらがなで　どう　かきますか。1・2・3・4
から　いちばん　いい　ものを　ひとつ　えらんで　ください。

（れい）　大きな　さかなが　およいで　います。

　　1　おおきな　　　2　おきな　　　3　だいきな　　　4　たいきな

（かいとうようし）　（れい）　● ② ③ ④

1　長い　じかん　ねました。

　　1　みじかい　　　2　ながい　　　　　3　ひろい　　　　4　くろい

2　あなたは　くだものでは　何が　すきですか。

　　1　どれが　　　2　なにが　　　　　3　これが　　　　4　なんが

3　わたしは　自転車で　だいがくに　いきます。

　　1　じどうしゃ　2　じてんしゃ　　3　じてんしや　　4　じでんしゃ

4　うちの　ちかくに　きれいな　川が　あります。

　　1　かわ　　　2　かは　　　　　3　やま　　　　4　うみ

5　はこに　おかしが　五つ　はいって　います。

　　1　ごつ　　　2　ごこ　　　　　3　いつつ　　　　4　ごっつ

6　出口は　あちらです。

　　1　でるくち　　2　いりぐち　　　3　でくち　　　　4　でぐち

7 大人に　なったら、いろいろな　くにに　いきたいです。
　　1　おとな　　　　　2　おおひと　　　　　3　たいじん　　　　4　せいじん

8 こたえは　全部　わかりました。
　　1　ぜんぶ　　　　　2　ぜんたい　　　　　3　ぜいいん　　　　4　ぜんいん

9 暑い　まいにちですが、おげんきですか。
　　1　さむい　　　　　2　あつい　　　　　　3　つめたい　　　　4　こわい

10 今月は　ほんを　3さつ　かいました。
　　1　きょう　　　　　2　ことし　　　　　　3　こんげつ　　　　4　らいげつ

もんだい2 ＿＿の ことばは どう かきますか。1・2・3・4から いちばん いい ものを ひとつ えらんで ください。

（れい） わたしは あおい はなが すきです。

　　1 草　　　　　2 花　　　　　3 化　　　　　4 芸

（かいとうようし）　（れい）　① ● ③ ④

11 わたしは ちいさな あぱーとの 2かいに すんで います。

　1 アパート　　　2 アパト　　　3 アパトー　　　4 アパアト

12 ひとりで かいものに いきました。

　1 二人　　　　　2 一人　　　　3 一入　　　　4 日人

13 まいにち おふろに はいります。

　1 毎目　　　　　2 母見　　　　3 母日　　　　4 毎日

14 その くすりは ゆうはんの あとに のみます。

　1 葉　　　　　　2 薬　　　　　3 楽　　　　　4 草

15 ふゆに なると やまが ゆきで しろく なります。

　1 百く　　　　　2 黒く　　　　3 白く　　　　4 自く

16 てを あげて こたえました。

　1 手　　　　　　2 牛　　　　　3 毛　　　　　4 未

17 ちちも ははも げんきです。

　1 元木　　　　　2 元本　　　　3 見気　　　　4 元気

18 ごごから 友だちと えいがに 行きます。

　1 五後　　　　　2 午後　　　　3 後午　　　　4 五語

もんだい3 （　　　）に　なにを　いれますか。1・2・3・4から　いちばん
いい　ものを　ひとつ　えらんで　ください。

(れい)　へやの　なかに　くろい　ねこが　（　　　）。
　　1　あります　　　2　なきます　　　3　います　　　4　かいます

(かいとうようし)　| (れい) | ① ② ● ④ |

19 この　みせの　（　　　）は、とても　おいしいです。
　1　はさみ　　　　2　えんぴつ　　　　3　おもちゃ　　　　4　パン

20 にくを　500（　　）　かって、みんなで　たべました。
　1　クラブ　　　　2　グラム　　　　3　グラス　　　　4　リットル

21 ふうとうに　きってを　はって、（　　　）に　いれました。
　1　ドア　　　　2　げんかん　　　　3　ポスト　　　　4　はがき

22 あには　おんがくを　（　　　）　べんきょうします。
　1　ききながら　　2　うちながら　　3　あそびながら　　4　ふきながら

23 おひるに　なったので、（　　　）を　たべました。
　1　さら　　　　2　ゆうはん　　　　3　おべんとう　　　　4　テーブル

24 また　（　　　）の　にちようびに　あいましょう。
　1　らいねん　　2　きょねん　　　　3　きのう　　　　4　らいしゅう

25 この　（　　　）は　とても　あついです。
　1　おちゃ　　　2　みず　　　　3　ネクタイ　　　　4　えいが

26 かべに　ばらの　えが　（　　　）　います。
　1　かけて　　　2　さがって　　　3　かかって　　　4　かざって

27 もんの　（　　　）で　子どもたちが　あそんで　います。

1　まえ

2　うえ

3　した

4　どこ

28 としょかんで　ほんを　（　　　　）　かりました。

1　さんまい

2　さんぼん

3　みっつ

4　さんさつ

もんだい4　＿＿の　ぶんと　だいたい　おなじ　いみの　ぶんが　あります。
　　　　　1・2・3・4から　いちばん　いい　ものを　ひとつ　えらんで
　　　　　ください。

(れい)　その　えいがは　つまらなかったです。
　1　その　えいがは　おもしろく　なかったです。
　2　その　えいがは　たのしかったです。
　3　その　えいがは　おもしろかったです。
　4　その　えいがは　しずかでした。

　　(かいとうようし)　　(れい)　● ② ③ ④

29　わたしの　だいがくは　すぐ　そこです。
　1　わたしの　だいがくは　すこし　とおいです。
　2　わたしの　だいがくは　すぐ　ちかくです。
　3　わたしの　だいがくは　かなり　とおいです。
　4　わたしの　だいがくは　この　さきです。

30　わたしは　まいばん　11じに　やすみます。
　1　わたしは　あさは　ときどき　11じに　ねます。
　2　わたしは　よるは　ときどき　11じに　ねます。
　3　わたしは　よるは　いつも　11じに　ねます。
　4　わたしは　あさは　いつも　11じに　ねます。

31　スケートは　まだ　じょうずでは　ありません。
　1　スケートは　やっと　じょうずに　なりました。
　2　スケートは　まだ　すきに　なれません。
　3　スケートは　また　へたに　なりました。
　4　スケートは　まだ　へたです。

32 おととし　とうきょうで　あいましたね。

1　ことし　とうきょうで　あいましたね。

2　2ねんまえ　とうきょうで　あいましたね。

3　3ねんまえ　とうきょうで　あいましたね。

4　1ねんまえ　とうきょうで　あいましたね。

33 まだ　あかるい　ときに　いえを　でました。

1　くらく　なる　まえに　いえを　でました。

2　おくれないで　いえを　でました。

3　まだ　あかるいので　いえを　でました。

4　くらく　なったので　いえを　でました。

答對：

／32題

もんだい1　（　　　）に　何を　入れますか。1・2・3・4から　いちばん　いい　ものを　一つ　えらんで　ください。

（れい）　これ　（　　　）　わたしの　かさです。

　　　1　は　　　　　2　を　　　　　3　や　　　　4　に

（かいとうようし）　│（れい）│　● ② ③ ④　│

1　夜、わたしは　母（　　　）　でんわを　かけました。

　1　は　　　　　　2　に　　　　　　3　の　　　　　　4　が

2　朝は、トマト（　　　）　ジュースを　つくって　のみます。

　1　で　　　　　　2　に　　　　　　3　から　　　　　4　や

3　A「あなたは　（　　　）　だれと　会いますか。」

　　B「小学校の　ときの　先生です。」

　1　きのう　　　　2　おととい　　　3　さっき　　　4　あした

4　A「この　かさは　だれ（　　　）　かりたのですか。」

　　B「すずきさんです。」

　1　から　　　　　2　まで　　　　　3　さえ　　　　4　にも

5　わたしは　1年まえ　にほんに　（　　　）。

　1　行きます　　　　　　　　　　2　行きたいです

　3　来ました　　　　　　　　　　4　来ます

6　レストランへ　食事（　　　）　行きます。

　1　や　　　　　2　で　　　　　　3　を　　　　　　4　に

7 やおやで くだもの（　　　） やさいを かいました。

1 も　　　　　　2 や　　　　　　3 を　　　　　　4 など

8 わたしは いぬ（　　　） ねこも すきです。

1 も　　　　　　2 を　　　　　　3 が　　　　　　4 の

9 行く（　　　） 行かないか、まだ わかりません。

1 と　　　　　　2 か　　　　　　3 や　　　　　　4 の

10 つくえの 上には（　　　） ありません。

1 何でも　　　　2 だれも　　　　3 何が　　　　4 何も

11 母「しゅくだいは（　　　） おわりませんか。」

子ども「もう すこしで おわります。」

1 まだ　　　　　2 もう　　　　　3 ずっと　　　　4 さらに

12 この みせの ラーメンは、（　　　） おいしいです。

1 やすくて　　　2 やすい　　　3 やすいので　　　4 やすければ

13 あの こうえんは（　　　） ひろいです。

1 しずかでは　　　　　　　　2 しずかだ

3 しずかに　　　　　　　　4 しずかで

14 すみませんが、この てがみを あなたの おねえさん（　　　） わたして
ください。

1 が　　　　　　2 を　　　　　　3 に　　　　　　4 で

15 いもうとは（　　　） うたを うたいます。

1 じょうずに　　　　　　　2 じょうずだ

3 じょうずなら　　　　　　4 じょうずの

Check □1 □2 □3

16 A「どうして もう すこし はやく （　　　）。」

B「あしが いたいんです。」

1 あるきます

2 あるきたいのですか

3 あるかないのですか

4 あるくと

もんだい2　＿★＿に　入る　ものは　どれですか。1・2・3・4から　いちばん
　　　　　　いい　ものを　一つ　えらんで　ください。

（もんだいれい）

　　A「＿＿＿＿　＿＿＿＿　＿★＿＿　＿＿＿＿か。」
　　B「あの　かどを　まがった　ところです。」
　　1　どこ　　　　　2　こうばん　　　　　3　は　　　　4　です

（こたえかた）

1.　ただしい　文を　つくります。

┌─────────────────────────────────┐
│　　A「＿＿＿＿＿　＿＿＿＿＿　＿★＿＿＿　＿＿＿＿＿か。」　│
│　　　　2 こうばん　　　3 は　　　1 どこ　　　4 です　　　│
│　　B「あの　かどを　まがった　ところです。」　　　　　│
└─────────────────────────────────┘

2.　＿★＿に　入る　ばんごうを　くろく　ぬります。

　　（かいとうようし）　│（れい）│　● ② ③ ④　│

17　（本屋で）
　　山田「りょこうの　本は　どこに　ありますか。」
　　店員「＿＿＿＿　＿＿＿＿　＿★＿＿　＿＿＿＿　あります。」
　　1　2ばんめに　　　2　上から　　　　　3　むこうの　　　　4　本だなの

18　学生「テストの　日には、＿＿＿＿　＿＿＿＿　＿＿＿＿　＿★＿か。」
　　先生「えんぴつと　けしゴムだけで　いいです。」
　　1　を　　　　　　　2　もって　　　　　3　何　　　　　　4　きます

19 A「＿＿＿＿　＿★＿＿　＿＿＿＿＿＿＿＿　公園は　ありますか。」

　B「はい、とても　ひろい　公園が　あります。」

　1　家の　　　　　　2　の　　　　　　　　3　あなた　　　　4　近くに

20 A「日曜日には　どこかへ　行きましたか。」

　B「いいえ。＿＿＿＿　＿＿＿＿　＿★＿　＿＿＿＿でした。」

　1　行きません　　2　も　　　　　　　　3　どこ　　　　　　4　へ

21 A「スポーツでは　なにが　すきですか。」

　B「野球も　＿★＿＿　＿＿＿＿　＿＿＿＿　＿＿＿＿よ。」

　1　すきですし　　2　も　　　　　　　　3　サッカー　　　　4　すきです

もんだい3　[22]から[26]に　何を　入れますか。ぶんしょうの　いみを
かんがえて、1・2・3・4から　いちばん　いい　ものを　一つ
えらんで　ください。

　日本で　べんきょうして　いる　学生が、「日曜日に　何を　するか」について、
クラスの　みんなに　話しました。

　　わたしは、日曜日は　いつも　朝　早く　おきます。へや[22]　そうじ
や　せんたくが　おわってから、近くの　こうえんを　さんぽします。こう
えんは、とても　[23]、大きな　木が　何本も　[24]。きれいな　花も
たくさん　さいて　います。
　　ごごは、としょかんに　行きます。そこで、3時間ぐらい　ざっしを　読
んだり、べんきょうを　[25]　します。としょかんから　帰る　ときに
夕飯の　やさいや　肉を　買います。夕飯は　テレビを　[26]、一人で
ゆっくり　食べます。
　　夜は、2時間ぐらい　べんきょうを　して、早く　ねます。

---

[22]

1　や　　　　　2　の　　　　　3　を　　　　　4　に

[23]

1　ひろくで　　2　ひろいで　　3　ひろい　　　4　ひろくて

[24]

1　います　　　2　いります　　3　あるます　　4　あります

[25]

1　したり　　　2　して　　　　3　しないで　　4　また

[26]

1　見たり　　　2　見ても　　　3　見ながら　　4　見に

もんだい4 つぎの (1)から (3)の ぶんしょうを 読んで、しつもんに こた
えて ください。こたえは、1・2・3・4から いちばん いい
ものを 一つ えらんで ください。

(1)

　わたしは 学校の かえりに、妹と びょういんに 行きました。そぼが びょ
うきを して びょういんに 入って いるのです。
　そぼは、ねて いましたが、夕飯の 時間に なると おきて、げんきに ご
はんを 食べて いました。

27 「わたし」は、学校の かえりに 何を しましたか。

1 びょうきを して、びょういんに 行きました。
2 妹を びょういんに つれて 行きました。
3 びょういんに いる びょうきの そぼに 会いに 行きました。
4 びょういんで 妹と 夕飯を 食べました。

(2)

　わたしの　つくえの　上^{うえ}の　*すいそうの　中^{なか}には、さかなが　います。くろく
て　大^{おお}きな　さかなが　2ひきと、しろくて　小さな　さかなが　3びきです。す
いそうの　中^{なか}には　小^{ちい}さな　石^{いし}と、*水草^{みずくさ}を　3本^{ぼん}　入^いれて　います。

＊すいそう：魚^{さかな}などを入^いれるガラスのはこ。
＊水草^{みずくさ}：水^{みず}の中^{なか}にある草^{くさ}。

28 「わたし」の　すいそうは　どれですか。

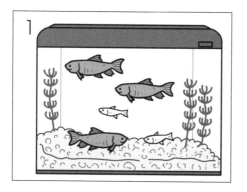

Check □1 □2 □3

(3)

ゆきこさんの　つくえの　上に、田中さんからの　メモが　あります。

ゆきこさん
　母が　かぜを　ひいて、しごとを　休んで　いるので、明日は
パーティーに　行く　ことが　できなく　なりました。わたしは、
今日、7時には　家に　帰るので、電話を　して　ください。

田中

29　ゆきこさんは、5時に　家に　帰りました。何を　しますか。

1　田中さんからの　電話を　まちます。

2　7時すぎに　田中さんに　電話を　します。

3　すぐ　田中さんに　電話を　します。

4　7時ごろに　田中さんの　家に　行きます。

もんだい5　つぎの　ぶんしょうを　読んで、しつもんに　こたえて　ください。
　　　　　こたえは、1・2・3・4から　いちばん　いい　ものを　一つ
　　　　　えらんで　ください。

　わたしは、まいにち　歩いて　学校に　行きます。けさは、おそく　おきたので、朝ごはんも　食べないで　家を　出ました。しかし、学校の　近くまで　きた　とき、けいたい電話を　わすれた　ことに　*気が　つきました。わたしは、走って　家に　とりに　帰りました。けいたい電話は、へやの　つくえの　上に　ありました。

　時計を　見ると、8時38分です。じゅぎょうに　おくれるので、じてんしゃで　行きました。そして、8時46分に　きょうしつに　入りました。いつもは、8時45分に　じゅぎょうが　はじまりますが、その　日は　まだ　はじまって　いませんでした。

＊気がつく：わかる。

30　学校の　近くで、「わたし」は、何に　気が　つきましたか。
　1　朝ごはんを　食べて　いなかった　こと
　2　けいたい電話を　家に　わすれた　こと
　3　けいたい電話は　つくえの　上に　ある　こと
　4　走って　行かないと　じゅぎょうに　おくれる　こと

31　「わたし」は、何時何分に　きょうしつに　入りましたか。
　1　8時38分
　2　8時40分
　3　8時45分
　4　8時46分

もんだい6　つぎの　ページを　見て、下の　しつもんに　こたえて　ください。
　　　　　こたえは、1・2・3・4から　いちばん　いい　ものを　一つ　え
　　　　　らんで　ください。

32　山中さんは、7月から　アパートを　かりて、ひとりで　くらします。*すい

はんきと　*トースターを　同じ日に　安く　買うには　いつが　いいですか。

山中さんは、仕事が　あるので、店に　行くのは　土曜日か　日曜日です。

　　＊すいはんき：ご飯を作るのに使います。

　　＊トースター：パンをやくのに使います。

1　7月16日ごぜん10時
2　7月17日ごぜん10時
3　7月18日ごご6時
4　7月19日ごご6時

オオシマ電気店
7月はこれが安い！

7月中安い！（7月1日〜31日）

せんぷうき

エアコン

1日だけ安い！

7月16日（木）	7月17日（金）	7月18日（土）	7月19日（日）
トースター ジューサー	すいはんき せんたくき	パソコン ドライヤー	トースター デジタルカメラ

決まったじかんだけ安い！

7月15〜18日ごぜん10時

トースター せんたくき

7月18・19日ごご6時

すいはんき れいぞうこ

Check □1 □2 □3

T3-1 ～ 3-8

もんだい1

　もんだい1では、はじめに　しつもんを　きいて　ください。それから　はなしを
きいて、もんだいようしの　1から4の　なかから、いちばん　いい　ものを　ひとつ
えらんで　ください。

れい

1ばん

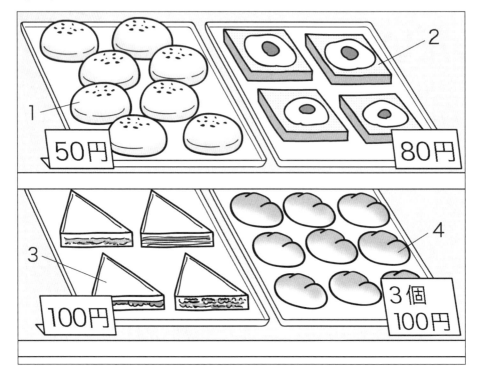

1 50円
2 80円
3 100円
4 3個 100円

2ばん

1 一日中、寝ます

2 掃除や洗濯をします

3 買い物に行きます

4 宿題をします

Check □1 □2 □3

3ばん

1 かさをもって、3時ごろに帰ります

2 かさをもって、5時ごろに帰ります

3 かさをもたないで、3時ごろに帰ります

4 かさをもたないで、5時ごろに帰ります

4ばん

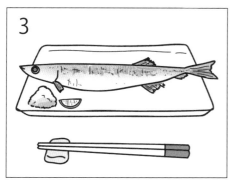

5ばん

1　コーヒーだけ

2　コーヒーとお茶

3　コーヒーとさとう

4　コーヒーとミルク

6ばん

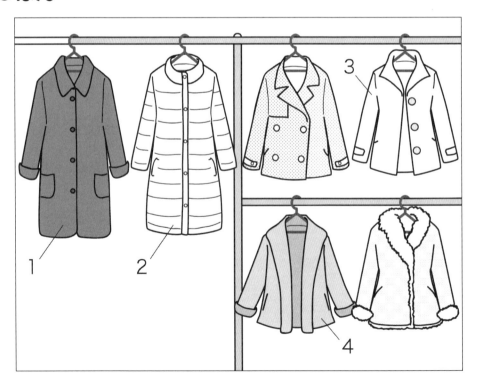

7ばん

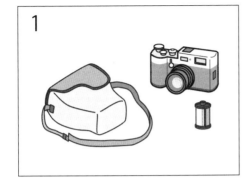

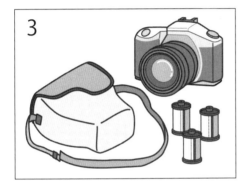

もんだい2

もんだい2では、はじめに　しつもんを　きいて　ください。それから　はなしを
きいて、もんだいようしの　1から4の　なかから、いちばん　いい　ものを　ひとつ
えらんで　ください。

れい

1　自分の家

2　会社の近くのえき

3　レストラン

4　おかし屋

　　　　　　　　　　　　　　　　　　　　Check □1 □2 □3

1ばん

1 ボールペン

2 万年筆

3 切手

4 ふうとう

回数

1

2

3

4

5

6

2ばん

1 5キロメートル

2 10キロメートル

3 15キロメートル

4 20キロメートル

3ばん

1 1年前
2 2年前
3 3年前
4 4年前

4ばん

1 ながさわさん
2 一人で出かけます
3 かとうさん
4 しゃちょう

5ばん

1　本屋のそばのきっさてん

2　まるみやしょくどう

3　大学のしょくどう

4　大学のきっさてん

回數

1

2

3

4

5

6

6ばん

1　しゅくだいをしました

2　海でおよぎました

3　海のしゃしんをとりました

4　海の近くのしょくどうでさかなを食べました

もんだい 3

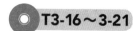

もんだい3では、えを　みながら　しつもんを　きいて　ください。

➡（やじるし）の　ひとは、なんと　いいますか。1から3の　なかから、
いちばん　いい　ものを　ひとつ　えらんで　ください。

れい

Check ☐ 1 ☐ 2 ☐ 3

1ばん

2ばん

回數

1

2

3

4

5

6

3ばん

4ばん

5ばん

もんだい 4

T3-22〜3-28

　もんだい4は、えなどが　ありません。ぶんを　きいて、1から3の　なかから、いちばん　いい　ものを　ひとつ　えらんで　ください。

― メモ ―

Check □1 □2 □3

MEMO

第4回

言語知識（文字・語彙）

もんだい1　＿＿の　ことばは　ひらがなで　どう　かきますか。1・2・3・4
から　いちばん　いい　ものを　ひとつ　えらんで　ください。

（れい）　大きな　さかなが　およいで　います。

　　1　おおきな　　　2　おきな　　　　3　だいきな　　　4　たいきな

（かいとうようし）　| （れい） | ● ② ③ ④ |

1　りんごを　二つ　食べました。
　　1　ひとつ　　　　2　ふたつ　　　　3　みっつ　　　　4　につ

2　タクシーを　呼んで　くださいませんか。
　　1　よんで　　　　2　かんで　　　　3　てんで　　　　4　さけんで

3　南へ　まっすぐ　すすみます。
　　1　ひがし　　　　2　にし　　　　　3　みなみ　　　　4　きた

4　三日までに　ここに　きて　ください。
　　1　みつか　　　　2　さんか　　　　3　みっか　　　　4　さんじつ

5　あなたの　へやは　とても　広いですね。
　　1　せまい　　　　2　きれい　　　　3　ひろい　　　　4　たかい

6　写真を　とります。「はい、チーズ。」
　　1　しゃじん　　　2　しやしん　　　3　しゃかん　　　4　しゃしん

7 池の　なかで　あかい　さかなが　およいで　います。

　1　いけ　　　　　　2　うみ　　　　　　3　かわ　　　　　　4　みずうみ

8 にほんでは、ひとは　道の　みぎがわを　あるきます。

　1　まち　　　　　　2　どうろ　　　　　　3　せん　　　　　　4　みち

9 その　角を　まがって　まっすぐに　いった　ところが、わたしの　がっこ
　うです。

　1　かく　　　　　　2　かど　　　　　　3　つの　　　　　　4　みせ

10 わたしは　細い　ズボンが　すきです。

　1　すくない　　　　2　こまかい　　　　　3　ほそい　　　　　4　ふとい

もんだい2 ＿＿の ことばは どう かきますか。1・2・3・4から いちばん
　　　　　いい ものを ひとつ えらんで ください。

（れい） わたしは あおい はなが すきです。

　　　1 草　　　　　2 花　　　　　3 化　　　　　4 芸

（かいとうようし）　| （れい） | ① ● ③ ④ |

11　ネクタイの みせの まえに えれべーたーが あります。

　1　エルベーター　　　　　　　　　2　えれベーター

　3　エレベター　　　　　　　　　　4　エレベーター

12　おちゃは テーブルの うえに あります。

　1　お水　　　　　2　お茶　　　　　3　お草　　　　　4　お米

13　ドアを あけて なかに はいって ください。

　1　開けて　　　　2　閉けて　　　　3　問けて　　　　4　門けて

14　やまの うえから いわが おちて きました。

　1　石　　　　　2　岩　　　　　3　岸　　　　　4　炭

15　となりの むらまで あるいて いきました。

　1　材　　　　　2　森　　　　　3　村　　　　　4　林

16　わたくしは 田中と もうします。
　　　　　　　た なか

　1　申します　　　2　甲します　　　3　田します　　　4　思します

17　りんごを はんぶんに きって ください。

　1　牛分　　　　2　半今　　　　3　羊今　　　　4　半分

18　えきは わたしの いえから ちかいです。

　1　低いです　　　2　近いです　　　3　遠いです　　　4　道いです

　　　　　　　　　　　　　　　　　　Check □1 □2 □3

もんだい3　（　　　）に　なにを　いれますか。1・2・3・4から　いちばん
　　　　　いい　ものを　ひとつ　えらんで　ください。

(れい)　へやの　なかに　くろい　ねこが　（　　　）。
　　1　あります　　　2　なきます　　　3　います　　　4　かいます

　　(かいとうようし)　| (れい) | ① ② ● ④ |

19　あるくと　おそく　なるので、　（　　　）で　行きます。
　1　ちかく　　　　　2　タクシー　　　　3　ズボン　　　　4　ワイシャツ

20　おばは　ちいさくて　かわいいので、（　　　）　みえます。
　1　わかく　　　　　2　おおきく　　　3　あつく　　　　4　ふとって

21　たべた　あとは、すぐ　はを　（　　　）。
　1　あらいます　　2　ふきます　　　3　みがきます　　　4　ぬきます

22　わたしの　いえには　くるまが　3（　　　）　あります。
　1　だい　　　　　2　ぼん　　　　3　き　　　　　4　こ

23　わからない　ときは、いつでも　わたしに　（　　　）　ください。
　1　つくって　　　2　はじめて　　　3　きいて　　　　4　わかって

24　この　カメラは　ふるいので、もっと　（　　　）　ほしいです。
　1　すきなのが　　　　　　　　　2　たかいのが
　3　ただしいのが　　　　　　　　4　あたらしいのが

25　ことばの　いみを　しらべたいので、（　　　）を　かして　ください。
　1　じしょ　　　　　2　がくふ　　　　3　ちず　　　　4　はさみ

26　なつは　まいにち　シャワーを　（　　　）。
　1　はいります　　2　かぶります　　　3　あびます　　　4　かけます

27 うちの ペットは、ちいさな （　　　）です。

1 いぬ　　　　　2 くるま　　　　　3 はな　　　　　4 いす

28 さいふが ゆうびんきょくの （　　　）　おちて います。

1 したに
2 なかに
3 まえに
4 うえに

　　　　　　　　　　　　　　　　Check □1 □2 □3

もんだい4　＿＿の　ぶんと　だいたい　おなじ　いみの　ぶんが　あります。

　　　　　1・2・3・4から　いちばん　いい　ものを　ひとつ　えらんで

　　　　　ください。

(れい)　その　えいがは　つまらなかったです。

　1　その　えいがは　おもしろく　なかったです。

　2　その　えいがは　たのしかったです。

　3　その　えいがは　おもしろかったです。

　4　その　えいがは　しずかでした。

　　　(かいとうようし)　(れい)　● ② ③ ④

29　1ねんに　1かいは　うみに　いきます。

　1　1ねんに　2かいずつ　うみに　いきます。

　2　まいとし　1かいは　うみに　いきます。

　3　まいとし　2かいは　うみに　いきます。

　4　1ねんに　なんかいも　うみに　いきます。

30　けさ　わたしは　さんぽを　しました。

　1　きのうの　よる　わたしは　さんぽを　しました。

　2　きょうの　ゆうがた　わたしは　さんぽを　しました。

　3　きょうの　あさ　わたしは　さんぽを　しました。

　4　わたしは　あさは　いつも　さんぽを　します。

31　父は、10ねんまえから　ぎんこうに　つとめて　います。

　1　父は、10ねんまえから　ぎんこうを　とおって　います。

　2　父は、10ねんまえから　ぎんこうを　つかって　います。

　3　父は、10ねんまえから　ぎんこうの　ちかくに　すんで　います。

　4　父は、10ねんまえから　ぎんこうで　はたらいて　います。

32 わたしは　いつも　げんきです。

1　わたしは　よく　びょうきを　します。

2　わたしは　あまり　びょうきを　しません。

3　わたしは　げんきでは　ありません。

4　わたしは　きが　よわいです。

33 ほんは　あさってまでに　かえします。

1　ほんは　あしたまでに　かえします。

2　ほんは　らいしゅうまでに　かえします。

3　ほんは　三日あとまでに　かえします。

4　ほんは　二日あとまでに　かえします。

言語知識（文法）・読解

もんだい1　（　　）に 何を 入れますか。1・2・3・4から いちばん
いい ものを 一つ えらんで ください。

（れい） これ （　　） わたしの かさです。

　　　　1 は　　　　　2 を　　　　　3 や　　　　4 に

（かいとうようし）　| （れい）| ● ② ③ ④ |

---

1 あしたの パーティーには、お友だち （　　） いっしょに 来て くださ
いね。

1 は　　　　　　2 も　　　　　　　3 を　　　　　　4 に

2 東 （　　） あるいて いくと、えきに つきます。

1 へ　　　　　　2 から　　　　　　3 を　　　　　　4 や

3 A「きょう （　　） あなたの たんじょうびですか。」
　B「そうです。8月13日です。」

1 も　　　　　　2 まで　　　　　　3 から　　　　　　4 は

4 こんなに むずかしい もんだいは だれ （　　） できません。

1 も　　　　　　2 まで　　　　　　3 さえ　　　　　　4 が

5 この にくは 高いので、少し （　　） 買いません。

1 は　　　　　　2 の　　　　　　3 しか　　　　　　4 より

6 A「とても （　　） 夜ですね。」
　B「そうですね。庭で 虫が ないて います。」

1 しずかなら　　2 しずかに　　　　3 しずかだ　　　　4 しずかな

---

7 A「あなたは　どこの　くにに　行きたいですか。」

　　B「スイス（　　　）オーストリアに　行きたいです。」

　　1　に　　　　　　　2　か　　　　　　　3　へ　　　　　　　4　も

8 さむいので、あしたは　ゆきが（　　　）。

　　1　ふるでしょう　　　　　　　　　　2　ふりでしょう

　　3　ふるです　　　　　　　　　　　　4　ふりました

9 すずしく　なると、うみ（　　　）　およげません。

　　1　へ　　　　　　2　で　　　　　　　3　から　　　　　　4　に

10 A「あなたは　ひとつきに　なんさつ　ざっしを　かいますか。」

　　B「ざっしは　あまり（　　　）。」

　　1　かいたいです　　　　　　　　　　2　かいます

　　3　3さつぐらいです　　　　　　　　4　かいません

11 A「これは　だれの　本ですか。」

　　B「山口くん（　　　）です。」

　　1　の　　　　　　2　へ　　　　　　　3　が　　　　　　　4　に

12 A「10時までに　東京に　つきますか。」

　　B「ひこうきが　おくれて　いるので、（　　　）10時までには　つかないで

　　　しょう。」

　　1　どうして　　　2　たぶん　　　　　3　もし　　　　　　4　かならず

13 中山「大田さん、その　バッグは　きれいですね。まえから　もって　いま

　　　したか。」

　　大田「いえ、先週（　　　）。」

　　1　かいます　　　　　　　　　　　　2　もって　いました

　　3　ありました　　　　　　　　　　　4　かいました

14 A「こんど いっしょに 山に のぼりませんか。」

B「いいですね。いっしょに（　　　）。」

1　のぼるでしょう　　　　　　　2　のぼりましょう

3　のぼりません　　　　　　　　4　のぼって　います

15 はがきは　かって（　　　）ので、どうぞ　つかって　ください。

1　やります　　　2　ください　　　3　あります　　　4　おかない

16 夜の　そらに　丸い　月が　でて（　　　）。

1　いきます　　　2　あります　　　3　みます　　　4　います

もんだい2 ____★____に 入る ものは どれですか。1・2・3・4から いちばん
いい ものを 一つ えらんで ください。

(もんだいれい)

A「_____ _____ ___★___ _____か。」
B「あの かどを まがった ところです。」
1 どこ 　　　　2 こうばん 　　　　3 は 　　　4 です

(こたえかた)

1. ただしい 文を つくります。

> A「_____ _____ ___★___ _____か。」
> 　　2 こうばん 　　3 は 　　1 どこ 　　4 です
> B「あの かどを まがった ところです。」

2. ___★___に 入る ばんごうを くろく ぬります。

(かいとうようし) | (れい) | ● ② ③ ④

---

17 中山「リンさんは 休みの 日には 何を して いますか。」
　　リン「そうですね、たいてい____ __★__ ____ ____。」
　1 います 　　　2 して 　　　3 を 　　　　4 ゴルフ

18 (八百屋で)
　　大島「その ____ __★__ ____ ____ ください。」
　　店の人「はい、どうぞ。」
　1 を 　　　　2 赤い 　　　3 5こ 　　　　4 りんご

19 A「お兄さんは おげんきですか。」

B「はい、とても＿＿＿ ＿＿＿ ★ ＿＿＿ 行って います。」

1 げんき　　　　2 大学　　　　　3 で　　　　　　4 に

20 つくえの 上に ＿＿＿ ＿＿＿ ★ ＿＿＿ あります。

1 など　　　　　2 本や　　　　　3 が　　　　　　4 ノート

21 (パン屋で)

女の人「＿＿＿ ★ ＿＿＿ ＿＿＿ ありますか。」

店の人「ありますよ。」

1 パン　　　　　2 おいしい　　　3 は　　　　　　4 やわらかくて

もんだい3　[22] から [26] に 何を 入れますか。ぶんしょうの いみを かんがえて、1・2・3・4から いちばん いい ものを 一つ えらんで ください。

日本で べんきょうして いる 学生が、「わたしの かぞく」に ついて ぶんしょうを 書いて、クラスの みんなの 前で 読みました。

わたしの かぞくは、両親、わたし、妹の 4人です。父は 警官で、毎日 おそく [22] 仕事を して います。日曜日も あまり 家に [23]。母は、料理が とても じょうずです。母が 作る グラタンは かぞく みんなが おいしいと 言います。国に 帰ったら、また 母の グラタンを [24] です。

妹が 大きく なったので、母は 近くの スーパーで 仕事を [25]。妹は 中学生ですが、小さい ころから ピアノを 習って いますので、今では わたし [26] じょうずに ひきます。

[22]

1　だけ　　　　2　て　　　　　3　まで　　　　4　から

[23]

1　いません　　2　います　　　3　あります　　4　ありません

[24]

1　食べる　　　2　食べてほしい　3　食べたい　　4　食べた

[25]

1　やめました　　　　　　　　2　はじまりました
3　やすみました　　　　　　　4　はじめました

[26]

1　では　　　　2　より　　　　3　でも　　　　4　だけ

もんだい4　つぎの　(1)から　(3)の　ぶんしょうを　読んで、しつもんに　こた
　　　　　えて　ください。こたえは、1・2・3・4から　いちばん　いい
　　　　　ものを　一つ　えらんで　ください。

(1)

　今日は、午前中で　学校の　テストが　終わったので、昼ごはんを　食べた
あと、いえに　かえって　ピアノの　れんしゅうを　しました。明日は、友だち
が　わたしの　うちに　来て、いっしょに　テレビを　見たり、音楽を　聞いた
り　します。

27　「わたし」は、今日の　午後、何を　しましたか。
　1　学校で　テストが　ありました。
　2　ピアノを　ひきました。
　3　友だちと　テレビを　見ました。
　4　友だちと　音楽を　聞きました。

(2)

　　わたしの　かぞくは、まるい　テーブルで　食事^{しょくじ}を　します。父^{ちち}は、大^{おお}きな　いすに　すわり、父^{ちち}の　右側^{みぎがわ}に　わたし、左側^{ひだりがわ}に　弟^{おとうと}が　すわります。父^{ちち}の　前^{まえ}には、母^{はは}が　すわり、みんなで　楽^{たの}しく　話^{はな}しながら　食事^{しょくじ}を　します。

28　「わたし」の　かぞくは　どれですか。

Check □1 □2 □3

(3)

中田くんの 机の 上に 松本先生の メモが ありました。

中田くん

　明日の じゅぎょうで つかう この 地図を 50枚
コピーして ください。24枚は クラスの 人に 1枚ず
つ わたして ください。あとの 26枚は、先生の 机の
上に のせて おいて ください。

松本

---

29 中田くんは、地図を コピーして クラスの みんなに わたした あと、

どう しますか。

1 26枚を いえに もって 帰ります。

2 26枚を 先生の 机の 上に のせて おきます。

3 みんなに もう 1枚ずつ わたします。

4 50枚を 先生の 机の 上に のせて おきます。

もんだい5　つぎの　ぶんしょうを　読んで、しつもんに　こたえて　ください。
　　　　　こたえは、1・2・3・4から　いちばん　いい　ものを　一つ　えらんで　ください。

　昨日は、そぼの　たんじょうびでした。そぼは、父の　お母さんで、もう、90歳に　なるのですが、とても　元気です。両親が　仕事に、わたしと　弟が　学校に　行った　あと、毎日　家で　そうじや　せんたくを　したり、夕ご飯を　作ったり　して、はたらいて　います。

　その　日、母は　そぼの　すきな　りょうりを　作りました。父は、新しい　ラジオを　プレゼントしました。わたしと　弟は、ケーキを　買って　きて、ろうそくを　9本　立てました。

　そぼは　お酒を　少し　のんだので、赤い　顔を　して　いましたが、とても、うれしそうでした。これからも　ずっと　元気で　いて　ほしいです。

[30]　そぼの　たんじょうびに、父は　何を　しましたか。
1　そぼの　すきな　りょうりを　作りました。
2　新しい　ラジオを　プレゼントしました。
3　たんじょうびの　ケーキを　買いました。
4　そぼが　すきな　お酒を　買いました。

[31]　わたしと　弟は　ケーキを　買って　きて、どう　しましたか。
1　ケーキを　切りました。
2　ケーキに　立てた　ろうそくに　火を　つけました。
3　ケーキに　ろうそくを　90本　立てました。
4　ケーキに　ろうそくを　9本　立てました。

Check □1 □2 □3

もんだい6 下の お知らせを 見て、下の しつもんに こたえて ください。
こたえは、1・2・3・4から いちばん いい ものを 一つ え
らんで ください。

32 吉田さんが 午後6時に 家に 帰ると、下の お知らせが とどいて い
ました。
あしたの 午後6時すぎに 荷物を とどけて ほしい ときは、0120
―○××―△×× に 電話を して、何ばんの 番号を おしますか。

1　06124　　2　06123　　　3　06133　　　4　06134

お 知 ら せ

やまねこたくはいびん

吉田様
　6月12日午後3時に 荷物を とどけに きましたが、だれも いま
せんでした。また とどけに 来ますので、下の 電話番号に 電話を
して、とどけて ほしい 日と 時間の 番号を、おして ください。

電話番号 0120―○××―△××

○とどけて ほしい 日
　番号を 4つ おします。
　れい　3月15日　⇒　0315

○とどけて ほしい 時間
　下から えらんで、その 番号を おして ください。
【1】午前中
【2】午後1時～3時
【3】午後3時～6時
【4】午後6時～9時

　れい　3月15日の 午後3時から 6時までに とどけて ほしい とき。
　⇒ 03153

もんだい1

　もんだい1では、はじめに　しつもんを　きいて　ください。それから　はなしを　きいて、もんだいようしの　1から4の　なかから、いちばん　いい　ものを　ひとつ　えらんで　ください。

れい

1ばん

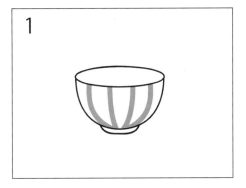

2ばん

1 ほんやに行きます

2 まんがやざっしなどを読みます

3 せんせいにききます

4 としょかんに行きます

3ばん

1　7月7日

2　7月10日

3　8月10日

4　8月13日

4ばん

1　10じ

2　12じ

3　13じ

4　14じ

Check □1 □2 □3

5ばん

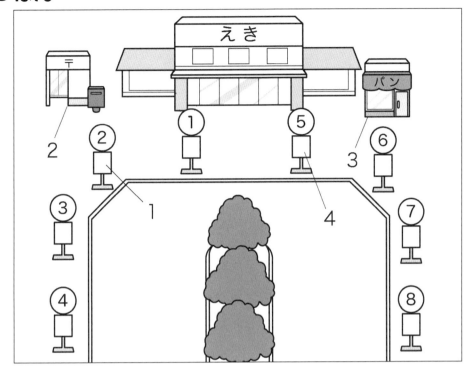

6ばん

1 コート

2 マスク

3 ぼうし

4 てぶくろ

7ばん

1　6こ
2　10こ
3　12こ
4　16こ

もんだい2

もんだい2では、はじめに　しつもんを　きいて　ください。それから　はなしを
きいて、もんだいようしの　1から4の　なかから、いちばん　いい　ものを　ひとつ
えらんで　ください。

れい

1　自分の家

2　会社の近くのえき

3　レストラン

4　おかし屋

1ばん

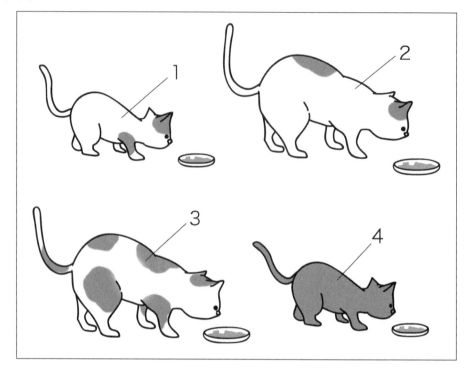

2ばん

1 およぐのがすきだから

2 さかながおいしいから

3 すずしいから

4 いろいろなはながさいているから

Check ☐1 ☐2 ☐3

3ばん

4ばん

1 まいにち

2 かようびのごご

3 しごとがおわったあと

4 ときどき

5ばん

1 せんたくをしました

2 へやのそうじをしました

3 きっさてんにいきました

4 かいものをしました

6ばん

1 大

2 太

3 犬

4 天

もんだい3

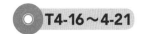
T4-16〜4-21

もんだい3では、えを　みながら　しつもんを　きいて　ください。

➡（やじるし）の　ひとは、なんと　いいますか。1から3の　なかから、
いちばん　いい　ものを　ひとつ　えらんで　ください。

れい

1ばん

2ばん

Check □1 □2 □3

3ばん

4ばん

5ばん

もんだい４

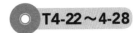

　もんだい４は、えなどが　ありません。ぶんを　きいて、１から３の　なかから、いちばん　いい　ものを　ひとつ　えらんで　ください。

― メ モ ―

文
字
・
語
彙

【測驗時間25分鐘】

第5回
言語知識（文字・語彙）

もんだい1 ＿＿の ことばは ひらがなで どう かきますか。1・2・3・4 から いちばん いい ものを ひとつ えらんで ください。

（れい） 大きな さかなが およいで います。

1 おおきな　　2 おきな　　3 だいきな　　4 たいきな

（かいとうようし）　（れい）　● ② ③ ④

---

1 まいあさ、たいしかんの まわりを 散歩します。

1 さんぽう　　2 さんほ　　3 さんぽ　　4 さんぼ

2 両親は がっこうの せんせいです。

1 りょおおや　　2 りょうしん　　3 りょしん　　4 りょうおや

3 わたしには 九つに なる おとうとが います。

1 きゅうつ　　2 ここのつ　　3 くつ　　4 やっつ

4 くるまは みちの 左側を はしります。

1 みぎがわ　　2 にしがわ　　3 きたがわ　　4 ひだりがわ

5 まいにち 牛乳を のみます。

1 ぎゅうにゅ　　2 ぎゅうにゆう　　3 ぎゅうにゅう　　4 ぎゆうにゅう

6 赤い ネクタイを しめます。

1 あおい　　2 しろい　　3 ほそい　　4 あかい

7 いま 4時15ふんです。

1 よんじ 　　　　2 よじ 　　　　　3 しじ 　　　　　4 よし

8 そこで 待って いて ください。

1 たって 　　　　2 もって 　　　　　3 かって 　　　　4 まって

9 がっこうの 横には ちいさな こうえんが あります。

1 まえ 　　　　2 よこ 　　　　　　3 そば 　　　　　4 うしろ

10 とても 楽しく なりました。

1 うれしく 　　　2 ただしく 　　　　3 たのしく 　　　　4 さびしく

もんだい2　＿＿の　ことばは　どう　かきますか。1・2・3・4から　いちば　ん　いい　ものを　ひとつ　えらんで　ください。

（れい）　わたしは　あおい　はなが　すきです。

　　　　1　草　　　　　　2　花　　　　　　3　化　　　　　　4　芸

（かいとうようし）　　| （れい） | ① ● ③ ④ |

11　あつく　なったので、しゃつを　ぬぎました。

　1　ツャシ　　　　　2　シャン　　　　　　3　シャツ　　　　　4　シヤツ

12　りょこうの　ことを　さくぶんに　かきました。

　1　昨人　　　　　　2　作文　　　　　　3　昨文　　　　　　4　作分

13　あかるい　へやで　ほんを　よみました。

　1　朋るい　　　　　2　暗るい　　　　　3　赤るい　　　　　4　明るい

14　めがねは　6かいの　みせに　あります。

　1　6院　　　　　　2　6階　　　　　　3　6皆　　　　　　4　6回

15　かわいい　おんなのこが　うまれました。

　1　男の子　　　　　2　妹の子　　　　　3　女の子　　　　　4　母の子

16　つよい　ちからで　おしました。

　1　強い　　　　　　2　弱い　　　　　　3　引い　　　　　　4　勉い

17　そとは　さむいですが、うちの　なかは　あたたかいです。

　1　申　　　　　　　2　日　　　　　　　3　甲　　　　　　　4　中

18　わたしは　さかなの　りょうりが　すきです。

　1　漁　　　　　　　2　魚　　　　　　　3　鳥　　　　　　　4　肉

もんだい3 （　　　）に　なにを　いれますか。1・2・3・4から　いちばん
いい　ものを　ひとつ　えらんで　ください。

(れい)　へやの　なかに　くろい　ねこが　（　　　）。
　　1　あります　　　2　なきます　　　3　います　　　4　かいます

(かいとうようし)　┌──────────────┐
　　　　　　　　　│ (れい) │ ① ② ● ④ │
　　　　　　　　　└──────────────┘

19　何か　（　　　）は　ありませんか。すこし　おなかが　すきました。
　　1　よむもの　　　　2　のみもの　　　　3　かくもの　　　　4　たべもの

20　あたまが　いたいので、これから　（　　　）に　いきます。
　　1　びょういん　　2　びよういん　　　3　びょうき　　　　4　としょかん

21　たばこを　（　　　）　ひとが　すくなく　なりました。
　　1　たべる　　　　　2　はく　　　　　　3　すう　　　　　　4　ふく

22　なつ、そとに　でる　ときは、ぼうしを　（　　　）。
　　1　かぶります　　2　はきます　　　　3　きます　　　　　4　つけます

23　わたしの　うちは、この　（　　　）を　まがって　すぐです。
　　1　そば　　　　　　2　かど　　　　　　3　みぎ　　　　　　4　まち

24　あさは、つめたい　みずで　かおを　（　　　）。
　　1　かきます　　　　2　ぬります　　　　3　はきます　　　　4　あらいます

25　かれは　友だちを　とても　（　　　）　して　います。
　　1　たいせつに　　2　しずかに　　　　3　にぎやかに　　　4　ゆうめいに

26　いもうとは　らいねんの　4がつに　5ねんせいに　（　　　）。
　　1　のぼります　　2　なりました　　　3　なります　　　　4　します

27 （　　　）を　ひいたので、くすりを　のみました。

  1　かぜ　　　　　　　2　びょうき　　　　　　3　じしょ　　　　　　4　せん

28 そこで、くつを　（　　　）　なかに　はいって　ください。

  1　はいて

  2　すてて

  3　かりて

  4　ぬいで

Check □1 □2 □3

もんだい4　＿＿＿の　ぶんと　だいたい　おなじ　いみの　ぶんが　あります。1・2・3・4から　いちばん　いい　ものを　ひとつ　えらんで　ください。

(れい)　その　えいがは　つまらなかったです。
　　1　その　えいがは　おもしろく　なかったです。
　　2　その　えいがは　たのしかったです。
　　3　その　えいがは　おもしろかったです。
　　4　その　えいがは　しずかでした。

　　(かいとうようし)　│ (れい) │ ● ② ③ ④ │

29　わたしには　おとうとが　二人と　いもうとが　一人　います。
　　1　わたしは　3人きょうだいです。
　　2　わたしは　4人かぞくです。
　　3　わたしは　2人きょうだいです。
　　4　わたしは　4人きょうだいです。

30　でんきを　けさないで　ください。
　　1　でんきを　けして　ください。
　　2　でんきを　つけないで　ください。
　　3　でんきを　つけて　いて　ください。
　　4　でんきを　けしても　いいです。

31　こんなに　むずかしく　ない　こどもの　ほんは　ありますか。
　　1　もっと　むずかしい　こどもの　ほんは　ありますか。
　　2　こんなに　やさしく　ない　こどもの　ほんは　ありますか。
　　3　もっと　りっぱな　こどもの　ほんは　ありますか。
　　4　もっと　やさしい　こどもの　ほんは　ありますか。

32 いまは　あまり　いそがしく　ないです。

1　いまは　まだ　いそがしいです。

2　いまは　すこし　ひまです。

3　いまは　とても　いそがしいです。

4　いまは　まだ　ひまでは　ありません。

33 二日まえ　ははから　でんわが　ありました。

1　おととい　ははから　でんわが　ありました。

2　あさって　ははから　でんわが　ありました。

3　いっしゅうかんまえ　ははから　でんわが　ありました。

4　きのう　ははから　でんわが　ありました。

Check □1 □2 □3

言語知識（文法）・読解

もんだい1　（　　）に 何を 入れますか。1・2・3・4から いちばん
　　　　　　いい ものを 一つ えらんで ください。

(れい) これ（　　）わたしの かさです。

　　　1 は　　　　　2 を　　　　　3 や　　　　　4 に

(かいとうようし)　| (れい) | ● ② ③ ④ |

1 これは 妹（　　）作った ケーキです。

　1 は　　　　　2 が　　　　　3 へ　　　　　4 を

2 A「あなたの くにでは、雪が ふりますか。」
　B「（　　）ふりません。」

　1 あまり　　　2 ときどき　　3 よく　　　　4 はい

3 A「パンの（　　）方を おしえて くださいませんか。」
　B「いいですよ。」

　1 作ら　　　　2 作って　　　3 作る　　　　4 作り

4 しんごうが 青（　　）なりました。わたりましょう。

　1 で　　　　　2 い　　　　　3 に　　　　　4 へ

5 A「どんな くだものが すきですか。」
　B「りんごも みかん（　　）すきです。」

　1 は　　　　　2 を　　　　　3 も　　　　　4 が

6 いえの 前で タクシー（　　）とめました。

　1 が　　　　　2 に　　　　　3 を　　　　　4 は

7 A「さあ、出かけましょう。」

B「あと、10分（　　　）　まって　くださいませんか。」

1　ずつ　　　　　　2　だけ　　　　　　3　など　　　　　　4　から

8 （　　　）ながら　けいたい電話を　かけるのは　やめましょう。

1　歩き　　　　　　2　歩く　　　　　　3　歩か　　　　　　4　歩いて

9 A「ここから　学校（　　　）　どれくらい　かかりますか。」

B「20分ぐらいです。」

1　へ　　　　　　　2　で　　　　　　　3　に　　　　　　　4　まで

10 A「きょうしつには　だれか　いましたか。」

B「いえ、（　　　）　いませんでした。」

1　だれか　　　　　2　どれも　　　　　3　だれも　　　　　4　だれでも

11 A「なぜ　あなたは　新聞を　読まないのですか。」

B「朝は　いそがしい（　　　）です。」

1　から　　　　　　2　ほう　　　　　　3　まで　　　　　　4　と

12 A「その　シャツは　（　　　）　でしたか。」

B「2千円です。」

1　どう　　　　　　2　いくら　　　　　3　何　　　　　　　4　どこ

13 これは、わたし（　　　）　あなたへの　プレゼントです。

1　が　　　　　　　2　に　　　　　　　3　へ　　　　　　　4　から

14 ねる　（　　　）　はを　みがきましょう。

1　まえから　　　　2　まえに　　　　　3　のまえに　　　　4　まえを

15 子どもは　あまい　もの（　　　）　すきです。

1　が　　　　　　　2　に　　　　　　　3　だけ　　　　　　4　や

16 山田「田上さん、きょうだいは？」

田上「兄は　います（　　　）、弟は　いません。」

1　から　　　　　　　2　ので　　　　　　3　で　　　　　　4　が

もんだい2 ___★___ に 入る ものは どれですか。1・2・3・4から いちばん いい ものを 一つ えらんで ください。

（もんだいれい）

A「_____ _____ ___★___ _____か。」
B「あの かどを まがった ところです。」
2 どこ　　　　3 こうばん　　　　1 は　　　　4 です

（こたえかた）

1. ただしい 文を つくります。

> A「_____ _____ ___★___ _____か。」
> 　　2 こうばん　　3 は　　　1 どこ　　　4 です
> B「あの かどを まがった ところです。」

2. ___★___に 入る ばんごうを くろく ぬります。

（かいとうようし）　（れい）　● ② ③ ④

---

17 A「あなたは、日本の たべもので どんな ものが すきですか。」
　　B「日本の たべもので _____ _____ ___★___ _____ てんぷらです。」

　1 は　　　　　　2 すきな　　　　　3 わたしが　　　　4 の

18 夕ご飯は _____ ___★___ _____ _____ 食べます。

　1 入った　　　2 に　　　　　　3 あとで　　　　4 おふろ

19 先生「きのうは、なぜ 休んだのですか。」
　　学生「朝、_____ ___★___ _____ _____ からです。」

　1 いたく　　　2 が　　　　　　3 あたま　　　　4 なった

　　　　　　　　　　　　　　　　　　　　Check □1 □2 □3

20 _____ _____ ___★___ _____ あそびます。

  1　して　　　　　2　しゅくだい　　3　を　　　　　　　4　から

21　A「うちの　_____ _____ ___★___ _____よ。」

    B「あら、うちの　ねこも　そうですよ。」

  1　ねて　　　　　2　一日中　　　　　3　います　　　　4　ねこは

もんだい3　　22　から　26　に　何を　入れますか。ぶんしょうの　いみを　かんがえて、1・2・3・4から　いちばん　いい　ものを　一つ　えらんで　ください。

日本で　べんきょうして　いる　学生が、「しょうらいの　わたし」に　ついて　ぶんしょうを　書いて、クラスの　みんなの　前で　読みました。

(1)

　　わたしは、日本の　会社　22　つとめて、ようふくの　デザインを　べんきょうする　つもりです。デザインが　じょうずに　なったら、国へ　帰って　よい　デザインで　23　服を　24　です。

(2)

　　ぼくは、5年間ぐらい、日本の　会社で　コンピューターの　仕事を　します。　25　国に　帰って、国の　会社で　はたらきます。ぼく　26　国に　帰るのを、両親も　きょうだいたちも　まって　います。

22

1　に　　　　　　2　から　　　　　　3　を　　　　　　4　と

23

1　おいしい　　　2　安い　　　　　　3　さむい　　　　4　広い

24

1　作りましょう　2　作る　　　　　　3　作ります　　　4　作りたい

25

1　もう　　　　　2　しかし　　　　　3　それから　　　4　まだ

26

1　は　　　　　　2　が　　　　　　　3　と　　　　　　4　に

　　　　　　　　　　　　　　　　　　　　　　　Check □1 □2 □3

もんだい4 つぎの (1)から (3)の ぶんしょうを 読んで、しつもんに こた
えて ください。こたえは、1・2・3・4から いちばん いい
ものを 一つ えらんで ください。

(1)

　昨日、スーパーマーケットで、トマトを 三つ 100円で 売って いました。
わたしは 「安い！」と 言って、すぐに 買いました。帰りに 家の 近くの
八百屋さんで 見たら もっと 大きい トマトが 四つで 100円でした。

27 「わたし」は、トマトを、どこで いくらで 買いましたか。

1 スーパーで 三つ 100円で 買いました。
2 スーパーで 四つ 100円で 買いました。
3 八百屋さんで 三つ 100円で 買いました。
4 八百屋さんで 四つ 100円で 買いました。

(2)

　今朝、わたしは　公園に　さんぽに　行きました。となりの　いえの　おじい
さんが　木の　下で　しんぶんを　読んで　いました。

28　となりの　いえの　おじいさんは　どれですか。

Check □1 □2 □3

(3)

とおるくんが 学校から お知らせの 紙を もらって きました。

ご家族の みなさまへ お知らせ

3月25日（金曜日） 朝10時から、学校の 体育館で 生徒の 音楽会が あります。

生徒は、みんな 同じ 白い シャツを 着て 歌いますので、それまでに 学校の 前の 店で 買って おいて ください。

体育館に 入る ときは、入り口に ならべて ある スリッパを はいて ください。写真は とって いいです。

〇〇高等学校

---

29 お母さんは とおるくんの 音楽会までに 何を 買いますか。

1 スリッパ
2 白い ズボン
3 白い シャツ
4 ビデオカメラ

もんだい5 つぎの ぶんしょうを 読んで、しつもんに こたえて ください。
こたえは、1・2・3・4から いちばん いい ものを 一つ え
らんで ください。

去年、わたしは 友だちと 沖縄に りょこうに 行きました。沖縄は、日本
の 南の ほうに ある 島で、海が きれいな ことで ゆうめいです。

わたしたちは、飛行機を おりて すぐ、海に 行って 泳ぎました。その あ
と、古い *お城を 見に 行きました。 お城は わたしの 国の ものとも、
日本で 前に 見た ものとも ちがう おもしろい たてものでした。友だち
は その しゃしんを たくさん とりました。

お城を 見た あと、4時ごろ、ホテルに 向かいました。ホテルの 門の 前
で、ねこが ねて いました。とても かわいかったので、わたしは その ね
この しゃしんを とりました。

*お城：大きくて りっぱなたてものの一つ。

30 わたしたちは、沖縄に ついて はじめに 何を しましたか。
1 古い お城を 見に 行きました。
2 ホテルに 入りました。
3 海に 行って しゃしんを とりました。
4 海に 行って 泳ぎました。

31 「わたし」は、何の しゃしんを とりましたか。
1 古い お城の しゃしん
2 きれいな 海の しゃしん
3 ホテルの 前で ねて いた ねこの しゃしん
4 お城の 門の 上で ねて いた ねこの しゃしん

もんだい6　下の　「川越から東京までの時間とお金」を　見て、下の　しつもん
に　こたえて　ください。こたえは、1・2・3・4から　いちばん
いい　ものを　一つ　えらんで　ください。

32　ヤンさんは、川越と　いう　駅から　東京駅まで　電車で　行きます。行き
方を　調べたら、四つの　行き方が　ありました。*乗りかえの　回数が　少
なく、また、かかる　時間も　短いのは、①〜④の　うちの　どれですか。

*乗りかえ：電車やバスなどをおりて、ほかの電車やバスなどに乗ること。

1　①　　　　　　2　②　　　　　　3　③　　　　　　4　④

川越から東京までの時間とお金

① かかる時間　54分　　かかるお金　570円

| 川越 | → | 乗りかえ | → | 乗りかえ | → | 東京 |

② かかる時間　54分　　かかるお金　640円

| 川越 | → | 乗りかえ | → | 東京 |

③ かかる時間　56分　　かかるお金　640円

| 川越 | → | 乗りかえ | → | 乗りかえ | → | 東京 |

④ かかる時間　1時間6分　　かかるお金　3,320円

| 川越 | → | 乗りかえ | → | 東京 |

聴解

もんだい1

　もんだい1では、はじめに　しつもんを　きいて　ください。それから　はなしを
きいて、もんだいようしの　1から4の　なかから、いちばん　いい　ものを　ひとつ
えらんで　ください。

れい

Check □1 □2 □3

1ばん

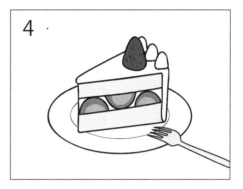

2ばん

1　きょうしつのまえのろうか

2　がっこうのしょくどう

3　せんせいがたのへや

4　Bぐみのきょうしつ

3ばん

4ばん

1　プールでおよぎます

2　本をよみます

3　りょこうに行きます

4　しゅくだいをします

5ばん

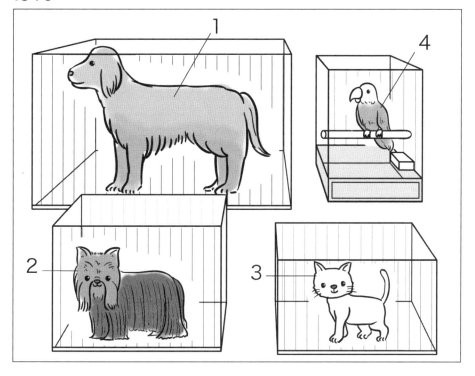

6ばん

1 へやをあたたかくします

2 あついコーヒーをのみます

3 ばんごはんをたべます

4 おふろに入ります

7ばん

1　ホテルのちかくのレストラン

2　えきのちかくのレストラン

3　ホテルのちかくのパンや

4　ホテルのじぶんのへや

もんだい2

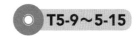

もんだい2では、はじめに しつもんを きいて ください。それから はなしを きいて、もんだいようしの 1から4の なかから、いちばん いい ものを ひとつ えらんで ください。

れい

1 自分の家

2 会社の近くのえき

3 レストラン

4 おかし屋

1ばん

1　いやなあめ

2　6月ごろのあめ

3　たくさんふるあめ

4　秋のあめ

2ばん

1　にぎやかなけっこんしき

2　しずかなけっこんしき

3　がいこくでやるけっこんしき

4　けっこんしきはしたくない

3ばん

1　くもり

2　ゆき

3　あめ

4　はれ

4ばん

1　1,500 えん

2　2,500 えん

3　3,000 えん

4　5,500 えん

5ばん

1　バス

2　じてんしゃ

3　あるきます

4　ちかてつ

6ばん

1　2,200 えん

2　2,300 えん

3　2,500 えん

4　2,800 えん

もんだい3

T5-16〜5-21

もんだい3では、えを　みながら　しつもんを　きいて　ください。

➡（やじるし）の　ひとは、なんと　いいますか。1から3の　なかから、
いちばん　いい　ものを　ひとつ　えらんで　ください。

れい

1ばん

2ばん

Check □1 □2 □3

3ばん

4ばん

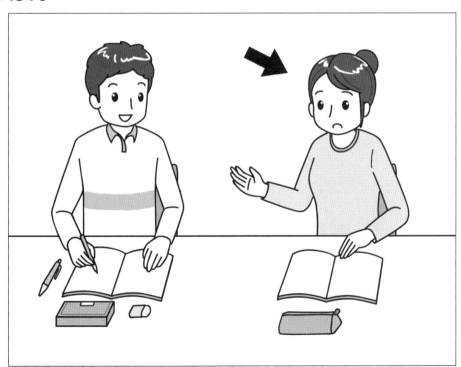

5ばん

もんだい4

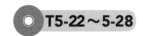

もんだい4は、えなどが ありません。ぶんを きいて、1から3の なかから、いちばん いい ものを ひとつ えらんで ください。

― メモ ―

第6回

言語知識（文字・語彙）

もんだい1　＿＿の　ことばは　ひらがなで　どう　かきますか。1・2・3・4
から　いちばん　いい　ものを　ひとつ　えらんで　ください。

（れい）　大きな　さかなが　およいで　います。

　　　1　おおきな　　　2　おきな　　　3　だいきな　　　4　たいきな

（かいとうようし）　| （れい）　● ② ③ ④ |

1　丸い　テーブルの　うえに　おさらを　ならべました。

　　1　せまい　　　　2　ひろい　　　　　3　まるい　　　　　4　たかい

2　この　かみに　番号を　かいて　ください。

　　1　ばんごう　　　2　ばんち　　　　　3　きごう　　　　　4　なまえ

3　庭で　こどもたちが　あそんで　います。

　　1　へや　　　　　2　にわ　　　　　　3　には　　　　　　4　いえ

4　かんじの　かきかたを　習いました。

　　1　なれい　　　　2　うたい　　　　　3　ほしい　　　　　4　ならい

5　今朝は　はやく　おきました。

　　1　あさ　　　　　2　こんや　　　　　3　けさ　　　　　　4　きょう

6　小さい　ときの　ことは　わすれました。

　　1　ちいいさい　　2　ちさい　　　　　3　うるさい　　　　4　ちいさい

7 ここから えいがかんまでは とても 遠いです。

1 ちかい　　　　2 とおい　　　　　3 ながい　　　　4 とうい

8 この デパートの 9階が レストランです。

1 きゅうかい　　2 くかい　　　　　3 はちかい　　　4 はっかい

9 塩を すこし かけて やさいを たべます。

1 しう　　　　　2 しお　　　　　　3 こな　　　　　4 しを

10 再来年 わたしは、くにに かえります。

1 さらいしゅう　　　　　　　2 さいらいねん

3 さらいねん　　　　　　　　4 らいねん

もんだい2 　　　の　ことばは　どう　かきますか。1・2・3・4から　いちばん
いい　ものを　ひとつ　えらんで　ください。

(れい)　わたしは　あおい　はなが　すきです。

　　　1　草　　　　　　2　花　　　　　　3　化　　　　　4　芸

　　(かいとうようし)　| (れい) | ① ● ③ ④ |

11 　つめたい　かぜが　ふいて　います。

　1　寒たい　　　　　2　冷たい　　　　　3　冷たい　　　　4　令たい

12 　あの　ひとは　ゆうめいな　いしゃです。

　1　左名　　　　　　2　有名　　　　　　3　夕名　　　　　4　右明

13 　すぽーつで　じょうぶな　からだを　つくります。

　1　スポツ　　　　　2　スポーソ　　　　3　スボーン　　　4　スポーツ

14 　ちちは　おさけが　すきです。

　1　お湯　　　　　　2　お酒　　　　　　3　お水　　　　　4　お洋

15 　にほんの　ふゆは　さむいです。

　1　春　　　　　　　2　久　　　　　　　3　冬　　　　　　4　夏

16 　きれいな　みずで　かおを　あらいます。

　1　顔　　　　　　　2　頭　　　　　　　3　類　　　　　　4　題

17 　としょかんで　ほんを　かりました。

　1　貸りました　　　2　昔りました　　　3　買りました　　　4　借りました

18 　がっこうの　プールで　まいにち　およぎます。

　1　永ぎます　　　　2　泳ぎます　　　　3　池ぎます　　　　4　海ぎます

もんだい3 （　　　）に　なにを　いれますか。1・2・3・4から　いちばん
いい　ものを　ひとつ　えらんで　ください。

(れい)　へやの　なかに　くろい　ねこが　（　　　）。
　　1　あります　　　　2　なきます　　　　3　います　　　　4　かいます

　　(かいとうようし)　│(れい)│① ② ● ④│

19　きいろい　きれいな　（　　　）が　さきました。
　　1　いろ　　　　　　　2　はっぱ　　　　　　3　き　　　　　　　　4　はな

20　まいあさ　（　　　）に　のって　だいがくに　いきます。
　　1　ちかてつ　　　　　2　テーブル　　　　　3　つくえ　　　　　　4　エレベーター

21　きってを　（　　　）、てがみを　だしました。
　　1　つけて　　　　　　2　はって　　　　　　3　とって　　　　　　4　ならべて

22　がっこうは　8じ20ぷんに　（　　　）。
　　1　はじまります　　2　はしります　　　　3　はじめます　　　　4　はなします

23　わたしの　クラスの　（　　　）は　まだ　24さいです。
　　1　せいと　　　　　　2　せんせい　　　　　3　ともだち　　　　　4　こども

24　あと　（　　　）しか　じかんが　ありません。
　　1　10冊　　　　　　　2　10回　　　　　　　3　10個　　　　　　　4　10分

25　とりが　きれいな　こえで　（　　　）　います。
　　1　ないて　　　　　　2　とまって　　　　　3　はいって　　　　　4　やすんで

26　つよい　かぜが　（　　　）　います。
　　1　おりて　　　　　　2　ふって　　　　　　3　ふいて　　　　　　4　ひいて

---

27 はこに えんぴつが （　　　） はいって います。
1　ごほん
2　ろっぽん
3　ななほん
4　はっぽん

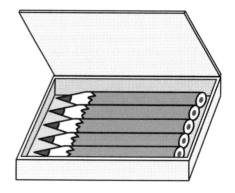

28 とても さむく なったので、（　　　） コートを きました。
1　しずかな　　　2　あつい　　　3　すずしい　　　4　かるい

もんだい4　＿＿＿の　ぶんと　だいたい　おなじ　いみの　ぶんが　あります。

　　　　　1・2・3・4から　いちばん　いい　ものを　ひとつ　えらんで

　　　　　ください。

(れい)　その　えいがは　つまらなかったです。

　1　その　えいがは　おもしろく　なかったです。

　2　その　えいがは　たのしかったです。

　3　その　えいがは　おもしろかったです。

　4　その　えいがは　しずかでした。

　　(かいとうようし)　｜(れい)｜　● ② ③ ④ ｜

29　みどりさんの　おばさんは　あの　ひとです。

　1　みどりさんの　おかあさんの　おかあさんは　あの　ひとです。

　2　みどりさんの　おとうさんの　おとうさんは　あの　ひとです。

　3　みどりさんの　おかあさんの　おとうとは　あの　ひとです。

　4　みどりさんの　おかあさんの　いもうとは　あの　ひとです。

30　あなたは　どうして　その　えいがに　いきたいのですか。

　1　あなたは　どんな　えいがに　いきたいのですか。

　2　あなたは　だれと　その　えいがに　いきたいのですか。

　3　あなたは　なぜ　その　えいがに　いきたいのですか。

　4　あなたは　いつ　その　えいがに　いきたいのですか。

31　だいがくは　ちかく　ないので、あるいて　いきません。

　1　だいがくは　ちかいので、あるいて　いきます。

　2　だいがくは　とおいので　あるいて　いきます。

　3　だいがくは　とおいですが、あるいても　いけます。

　4　だいがくは　とおいので、あるいて　いきません。

32　ヤンさんは　かわださんに　にほんごを　ならいました。

　1　ヤンさんや　かわださんに　にほんごを　おしえました。

　2　かわださんは　ヤンさんに　にほんごを　おしえました。

　3　かわださんは　ヤンさんに　にほんごで　はなしました。

　4　ヤンさんは　かわださんに　にほんごで　はなしました。

33　りょうしんは　どこに　すんで　いますか。

　1　きょうだいは　どこに　すんで　いますか。

　2　おじいさんと　おばあさんは　どこに　すんで　いますか。

　3　おとうさんと　おかあさんは　どこに　すんで　いますか。

　4　かぞくは　どこに　すんで　いますか。

Check　□1　□2　□3

言語知識（文法）・読解

もんだい1　（　　）に　何を　入れますか。1・2・3・4から　いちばん
　　　　　　いい　ものを　一つ　えらんで　ください。

（れい）　これ　（　　）　わたしの　かさです。

　　　　　1　は　　　　　　2　を　　　　　　3　や　　　　　4　に

（かいとうようし）　│（れい）│　● ② ③ ④　│

1　A「あなたは　いま　（　　　）　ですか。」
　　B「17さいです。」
　1　いくら　　　　　2　いつ　　　　　　3　どこ　　　　　4　いくつ

2　歩くと　とおい　（　　　）、タクシーで　行きましょう。
　1　けれど　　　　　2　のは　　　　　　3　ので　　　　　4　のに

3　つくえの　上には　本（　　　）　じしょなどを　おいて　います。
　1　も　　　　　　　2　など　　　　　　3　や　　　　　　4　から

4　かれが　外国に　行く　ことは、だれも　（　　　）。
　1　しりませんでした　　　　　　　　2　しっていました
　3　しっていたでしょう　　　　　　　4　しりました

5　自転車が　こわれたので、新しい　（　　　）　かいました。
　1　のを　　　　　　2　のが　　　　　　3　のに　　　　　4　ので

6　この　かびん　（　　　）、あの　かびんの　ほうが　いいです。
　1　なら　　　　　　2　でも　　　　　　3　から　　　　　4　より

---

7 へやの そうじを して（　　　）出^でかけます。

1　から　　　　　　2　まで　　　　　　　3　ので　　　　　　4　より

8 弟^{おとうと}は 今日^{きょう} かぜ（　　　）ねて います。

1　を　　　　　　　2　ので　　　　　　　3　で　　　　　　　4　へ

9 これから かいもの（　　　）行^いきます。

1　を　　　　　　　2　に　　　　　　　　3　が　　　　　　　4　は

10 もっと（　　　）ひろい へやに すみたいです。

1　しずかなら　　　2　しずかだ　　　　3　しずかに　　　4　しずかで

11 たんじょうびに、おいしい ものを たべ（　　　）のんだり しました。

1　たり　　　　　　2　て　　　　　　　　3　たら　　　　　4　だり

12 A「日曜日^{にちようび}は どこかへ 行^いきましたか。」

　　B「いいえ、（　　　）行^いきませんでした。」

1　どこへ　　　　　2　どこへも　　　　3　どこかへも　　4　だれも

13 A「赤^{あか}い 目^めを して いますね。ゆうべは 何時^{なんじ}に 寝^ねましたか。」

　　B「ゆうべは （　　　）勉強^{べんきょう}しました。」

1　寝^ねなくて　　　2　寝^ねたくて　　　3　寝^ねてより　　4　寝^ねないで

14 A「（　　　）りょこうしますか。」

　　B「来年^{らいねん}の 3月^{がつ}です。」

1　いつ　　　　　　2　どうして　　　　3　何^{なに}を　　　4　どこで

15 テレビ（　　　）ニュースを 見^みます。

1　に　　　　　　　2　から　　　　　　　3　で　　　　　　4　には

16 テーブルの 上^{うえ}に おはしが ならべて（　　　）。

1　おります　　　2　います　　　　　　3　きます　　　4　あります

もんだい2　＿★＿に　入る　ものは　どれですか。1・2・3・4から　いちばん
いい　ものを　一つ　えらんで　ください。

（もんだいれい）

A「＿＿＿　＿＿＿　＿★＿　＿＿＿か。」
B「あの　かどを　まがった　ところです。」
2　どこ　　　　3　こうばん　　　　1　は　　　　4　です

（こたえかた）

1. ただしい　文を　つくります。

> A「＿＿＿＿＿　＿＿＿＿＿　＿★＿＿　＿＿＿＿＿か。」
> 　2　こうばん　　　3　は　　　1　どこ　　　4　です
> B「あの　かどを　まがった　ところです。」

2. ＿★＿に　入る　ばんごうを　くろく　ぬります。

（かいとうようし）　（れい）　● ② ③ ④

17　A「これは、＿＿＿　＿★＿　＿＿＿　＿＿＿ですか。」
　　B「クジャクです。」
　1　鳥　　　　　2　いう　　　　　3　と　　　　　4　なん

18　A「駅は　どこですか。」
　　B「しらないので、交番で　＿＿＿　＿＿＿　＿★＿　＿＿＿ませんか。」
　1　に　　　　　2　おまわりさん　　3　ください　　　4　聞いて

19　A「この　とけいの　じかんは　ただしいですか。」
　　B「いいえ、＿＿＿　＿★＿　＿＿＿　＿＿＿。」
　1　います　　　2　ぐらい　　　　3　おくれて　　　4　3分

20 A「春と 秋では どちらが すきですか。」

B「春 ＿＿＿＿ ＿＿＿＿ ＿★＿ ＿＿＿＿ すきです。」

1 秋の 　　　　2 より 　　　　3 ほう 　　　　4 が

21 (くだもの屋で)

女の人「めずらしい くだものは ありますか。」

店の人「これは ＿＿＿＿ ＿★＿ ＿＿＿＿ ＿＿＿＿ くだものです。」

1 に 　　　　2 ない 　　　　3 は 　　　　4 日本

Check ☐1 ☐2 ☐3

もんだい3　22 から 26 に 何を 入れますか。ぶんしょうの いみを かんがえて、1・2・3・4から いちばん いい ものを 一つ えらんで ください。

日本で べんきょうして いる 学生が 「こわかった こと」に ついて ぶんしょうを 書いて、クラスの みんなの 前で 読みました。

　6さいの とき、わたしは 父に 自転車の 乗り方を 22 。わたしが 小さな 自転車の いすに すわると、父は 自転車の うしろを もって、自転車 23 いっしょに 走ります。そうして、何回も 何回も 練習しました。

　少し 24 なった ころ、わたしが 自転車で 25 うしろを 向くと、父は わたしが 知らない 間に 手を はなして いました。それを 知った とき、わたしは とても 26 です。

22

1　おしえました　　　　　　2　しました

3　なれました　　　　　　　4　ならいました

23

1　と　　　　　2　に　　　　　3　を　　　　　4　は

24

1　じょうずな　　2　じょうずだ　　3　じょうずに　　4　じょうずで

25

1　走ったら　　2　走りながら　　3　走ったほうが　　4　走るより

26

1　こわい　　　　2　こわくて　　　3　こわかった　　4　こわく

もんだい4 つぎの(1)から (3)の ぶんしょうを 読んで、しつもんに こたえて ください。こたえは、1・2・3・4から いちばん いい ものを 一つ えらんで ください。

(1)

　わたしには、姉が 一人 います。姉も わたしも ふとって いますが、姉は 背が 高くて、わたしは 低いです。わたしたちは 同じ 大学で、姉は 英語を、わたしは 日本語を べんきょうして います。

27 まちがって いるのは どれですか。

1　二人とも ふとって います。
2　同じ 大学に 行って います。
3　姉は 大学で 日本語を べんきょうして います。
4　姉は 背が 高いですが、わたしは 低いです。

(2)

　5さいの　ゆうくんと　お母さんは、スーパーに　買い物に　行きました。しかし　お母さんが　買い物を　して　いる　ときに、ゆうくんが　いなく　なりました。ゆうくんは　みじかい　ズボンを　はいて、ポケットが　ついた　白い　シャツを　きて、ぼうしを　かぶって　います。

28　ゆうくんは、どれですか。

(3)

大学で 英語を べんきょうして いる お姉さんに、妹の 真矢さんか
ら 次の メールが 来ました。

お姉さん

　わたしの 友だちの 花田さんが、弟に 英語を 教える 人を
さがして います。お姉さんが 教えて くださいませんか。
　花田さんが まって いますので、今日中に 花田さんに 電話
を して ください。

真矢

---

29 お姉さんは、花田さんの 弟に 英語を 教えるつもりです。どうしますか。

1 花田さんに メールを します。
2 妹の 真矢さんに 電話を します。
3 花田さんに 電話を します。
4 花田さんの 弟に 電話を します。

もんだい5　つぎの　ぶんしょうを　読んで、しつもんに　こたえて　ください。
こたえは、1・2・3・4から　いちばん　いい　ものを　一つ　え
らんで　ください。

　わたしの　友だちの　アリさん　は　3月に　東京の　大学を　出て、大阪の
会社に　つとめます。
　アリさんは、3年前　わたしが　日本に　来た　とき、いろいろと　教えて　く
れた　友だちで、今まで　同じ　アパートに　住んで　いました。アリさんが　も
う　すぐ　いなく　なるので、わたしは　とても　さびしいです。
　アリさんが、「大阪は　あまり　知らないので、困って　います。」と　言っ
て　いたので、わたしは　近くの　本屋さんで　大阪の　地図を　買って、それ
を　アリさんに　プレゼントしました。

30　友だちは　どんな　人ですか。
　1　大阪の　同じ　会社に　つとめて　いた　人
　2　同じ　大学で　いっしょに　べんきょうした　人
　3　日本の　ことを　教えて　くれた　人
　4　東京の　本屋さんに　つとめて　いる　人

31　「わたし」は　アリさんに、何を　プレゼントしましたか。
　1　本を　プレゼントしました。
　2　大阪の　地図を　プレゼントしました。
　3　日本の　地図を　プレゼントしました。
　4　東京の　地図を　プレゼントしました。

もんだい6 右の ページを 見て、下の しつもんに こたえて ください。こ
たえは、1・2・3・4から いちばん いい ものを 一つ えらん
で ください。

32 *新聞販売店から 中山さんの へやに *古紙回収の お知らせが きまし
た。中山さんは、31日の 朝、新聞紙を 回収に 出すつもりです。中山さん
の へやは、アパートの 2階です。

正しい 出し方は どれですか。

*新聞販売店：新聞を 売ったり、家にとどけたりする店。
*古紙回収：古い新聞紙を 集めること。トイレットペーパーとかえたりして
くれる。

1 自分の へやの 前の ろうかに 出す。
2 1階の 入り口に 出す。
3 1階の 階段の 下に 出す。
4 自分の へやの ドアの 中に 出す。

Check □1 □2 □3

毎朝新聞 古紙回収のお知らせ

31日朝9時までに
出してください。

トイレットペーパーとかえます。

（古い新聞紙10～15ｋｇで、トイレットペーパー1個。）

● このお知らせにへや番号を書いて、新聞紙の上にのせて出してください。

● アパートなどにすんでいる人は、1階の入り口まで出してください。

【へや番号】＿＿＿＿＿＿＿＿＿＿＿

聴解

もんだい 1

　もんだい1では、はじめに　しつもんを　きいて　ください。それから　はなしを
きいて、もんだいようしの　1から4の　なかから、いちばん　いい　ものを　ひとつ
えらんで　ください。

れい

Check □1 □2 □3

1ばん

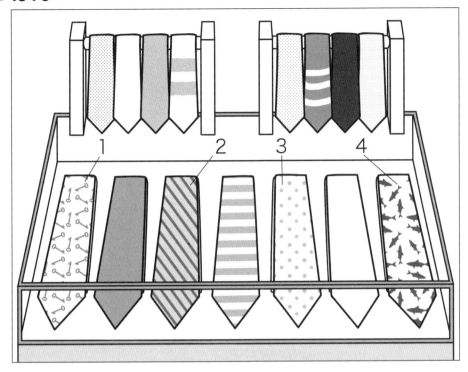

2ばん

1　ぎんこう

2　いえのまえのポスト

3　ゆうびんきょく

4　ぎんこうのまえのポスト

3ばん

4ばん

1 でんしゃ

2 あるきます

3 じてんしゃ

4 タクシー

5ばん

1 ほんをよみます

2 かいものに行きます

3 きゃくをまちます

4 おちゃのよういをします

6ばん

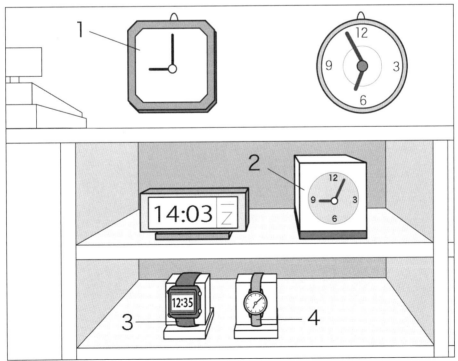

7ばん

1 くろのえんぴつ

2 あおのまんねんひつ

3 くろのボールペン

4 あおのボールペン

もんだい 2

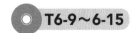

もんだい 2 では、はじめに　しつもんを　きいて　ください。それから　はなしを　きいて、もんだいようしの　1 から 4 の　なかから、いちばん　いい　ものを　ひとつ　えらんで　ください。

れい

1　自分の家

2　会社の近くのえき

3　レストラン

4　おかし屋

1ばん

1　くつをはきます

2　スリッパをはきます

3　スリッパをぬぎます

4　くつしたをぬぎます

2ばん

1　せんせい

2　さいふ

3　おかね

4　いれもの

3ばん

1 のみものをのみたいです

2 たばこをすいたいです

3 にわをみたいです

4 おすしをたべたいです

4ばん

5ばん

1　3ねんまえ

2　2ねんまえ

3　きょねんのあき

3　ことしのはる

6ばん

1　おいしくないから

2　たかいから

3　おとこのひとがネクタイをしめていないから

4　えきの近くのしょくどうのほうがおいしいから

Check ☐1 ☐2 ☐3

もんだい 3

T6-16〜6-21

もんだい 3 では、えを みながら しつもんを きいて ください。

➡ （やじるし）の ひとは、なんと いいますか。 1から3の なかから、
いちばん いい ものを ひとつ えらんで ください。

れい

1ばん

2ばん

Check ☐1 ☐2 ☐3

3ばん

4ばん

5ばん

もんだい4

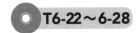

　もんだい4は、えなどが　ありません。ぶんを　きいて、1から3の　なかから、いちばん　いい　ものを　ひとつ　えらんで　ください。

― メ モ ―

第1回 正答表

●言語知識（文字 ・ 語彙）

問題 1

1	2	3	4	5	6	7	8	9	10
4	2	2	1	3	4	1	3	2	4

問題 2

11	12	13	14	15	16	17	18
1	2	4	2	3	1	4	2

問題 3

19	20	21	22	23	24	25	26	27	28
4	2	4	1	3	2	1	3	1	4

問題 4

29	30	31	32	33
2	3	4	2	3

●言語知識（文法） ・ 読解

問題 1

1	2	3	4	5	6	7	8	9	10
4	3	4	1	3	4	3	1	2	4

11	12	13	14	15	16
2	1	3	2	1	3

問題 2

17	18	19	20	21
4	3	2	3	3

問題 3

22	23	24	25	26
1	2	4	3	4

問題 4

27	28	29
1	2	3

問題 5

30	31
4	3

問題 6

32
4

●聴解

問題 1

例	1	2	3	4	5	6	7
3	4	3	4	4	4	4	3

問題 2

例	1	2	3	4	5	6
2	4	2	3	4	3	2

問題 3

例	1	2	3	4	5
3	1	2	3	1	3

問題 4

例	1	2	3	4	5	6
1	2	2	3	1	2	3

第 2 回 正答表

●言語知識（文字 ・ 語彙）

問題 1

1	2	3	4	5	6	7	8	9	10
3	2	2	1	4	3	1	4	2	3

問題 2

11	12	13	14	15	16	17	18
3	2	4	1	3	1	4	2

問題 3

19	20	21	22	23	24	25	26	27	28
4	2	3	1	3	2	1	3	1	4

問題 4

29	30	31	32	33
2	3	4	2	3

●言語知識（文法）・読解

問題 1

1	2	3	4	5	6	7	8	9	10
3	1	4	1	3	4	2	1	2	4

11	12	13	14	15	16
2	1	4	2	1	3

問題 2

17	18	19	20	21
2	4	4	1	3

問題 3

22	23	24	25	26
3	2	4	3	1

問題 4

27	28	29
3	3	2

問題 5

30	31
3	2

問題 6

32
4

●聴解

問題 1

例	1	2	3	4	5	6	7
3	3	3	4	2	3	2	4

問題 2

例	1	2	3	4	5	6
2	2	3	2	3	4	3

問題 3

例	1	2	3	4	5
3	1	2	3	1	2

問題 4

例	1	2	3	4	5	6
1	2	2	2	1	2	1

第 3 回 正答表

言語知識（文字 ・ 語彙）

問題 1

1	2	3	4	5	6	7	8	9	10
2	2	2	1	3	4	1	1	2	3

問題 2

11	12	13	14	15	16	17	18
1	2	4	2	3	1	4	2

問題 3

19	20	21	22	23	24	25	26	27	28
4	2	3	1	3	4	1	3	1	4

問題 4

29	30	31	32	33
2	3	4	2	1

●言語知識（文法） ・ 読解

問題 1

1	2	3	4	5	6	7	8	9	10
2	1	4	1	3	4	2	1	2	4

11	12	13	14	15	16
1	1	4	3	1	3

問題 2

17	18	19	20	21
2	4	2	2	1

問題 3

22	23	24	25	26
2	4	4	1	3

問題 4

27	28	29
3	4	2

問題 5

30	31
2	4

問題 6

32
4

●聴解

問題 1

例	1	2	3	4	5	6	7
3	4	4	4	3	3	3	1

問題 2

例	1	2	3	4	5	6
2	3	3	3	2	2	1

問題 3

例	1	2	3	4	5
3	3	1	2	1	3

問題 4

例	1	2	3	4	5	6
1	3	2	1	3	2	1

第 4 回 正答表

●言語知識（文字 ・ 語彙）

問題 1

1	2	3	4	5	6	7	8	9	10
2	1	3	3	3	4	1	4	2	3

問題 2

11	12	13	14	15	16	17	18
4	2	1	2	3	1	4	2

問題 3

19	20	21	22	23	24	25	26	27	28
2	1	3	1	3	4	1	3	1	3

問題 4

29	30	31	32	33
2	3	4	2	4

●言語知識（文法）・ 読解

問題1

1	2	3	4	5	6	7	8	9	10
2	1	4	1	3	4	2	1	2	4

11	12	13	14	15	16
1	2	4	2	3	4

問題2

17	18	19	20	21
3	4	2	1	2

問題3

22	23	24	25	26
3	1	3	4	2

問題4

27	28	29
2	3	2

問題5

30	31
2	4

問題6

32
4

●聴解

問題1

例	1	2	3	4	5	6	7
3	4	4	3	3	3	1	4

問題2

例	1	2	3	4	5	6
2	1	2	1	2	3	3

問題3

例	1	2	3	4	5
3	1	1	1	1	3

問題4

例	1	2	3	4	5	6
1	2	1	2	2	1	2

第 5 回 正答表

●言語知識（文字・語彙）

問題 1

1	2	3	4	5	6	7	8	9	10
3	2	2	4	3	4	2	4	2	3

問題 2

11	12	13	14	15	16	17	18
3	2	4	2	3	1	4	2

問題 3

19	20	21	22	23	24	25	26	27	28
4	1	3	1	2	4	1	3	1	4

問題 4

29	30	31	32	33
4	3	4	2	1

●言語知識（文法）・読解

問題 1

1	2	3	4	5	6	7	8	9	10
2	1	4	3	3	3	2	1	4	3

11	12	13	14	15	16
1	2	4	2	1	4

問題 2

17	18	19	20	21
4	2	2	1	1

問題 3

22	23	24	25	26
1	2	4	3	2

問題 4

27	28	29
1	1	3

問題 5

30	31
4	3

問題 6

32
2

●聴解

問題 1

例	1	2	3	4	5	6	7
3	4	4	3	4	3	4	4

問題 2

例	1	2	3	4	5	6
2	2	2	3	4	1	2

問題 3

例	1	2	3	4	5
3	1	2	3	1	2

問題 4

例	1	2	3	4	5	6
1	1	2	1	3	1	3

第 6 回 正答表

言語知識（文字・語彙）

問題 1

1	2	3	4	5	6	7	8	9	10
3	1	2	4	3	4	2	1	2	3

問題 2

11	12	13	14	15	16	17	18
3	2	4	2	3	1	4	2

問題 3

19	20	21	22	23	24	25	26	27	28
4	1	2	1	2	4	1	3	1	2

問題 4

29	30	31	32	33
4	3	4	2	3

●言語知識（文法）・読解

問題1

1	2	3	4	5	6	7	8	9	10
4	3	3	1	1	4	1	3	2	4

11	12	13	14	15	16
1	2	4	1	3	4

問題2

17	18	19	20	21
3	4	2	3	1

問題3

22	23	24	25	26
4	1	3	2	3

問題4

27	28	29
3	4	3

問題5

30	31
3	2

問題6

32
2

●聴解

問題1

例	1	2	3	4	5	6	7
3	1	3	2	4	2	3	4

問題2

例	1	2	3	4	5	6
2	3	2	2	4	3	3

問題3

例	1	2	3	4	5
3	1	2	3	2	1

問題4

例	1	2	3	4	5	6
1	2	2	2	1	1	2

聴解スクリプト

(M：男性　F：女性)

N5 模擬試験　第一回

問題1

例

どうぶつえん　せんせい せいと はな せいと どうぶつ み い
動物園で、先生と生徒が話しています。この生徒は、このあと、どの動物を見に行きますか。

おか だ す
M：岡田さんは、ゾウとキリンが好きなんですか。

す
F：はい。でも、いちばん好きなのはパンダです。

い
M：ほかのみんなは、アライグマのところにいますよ。いっしょに行きませんか。

い
F：はい、行きましょう。

せいと どうぶつ み い
この生徒は、このあと、どの動物を見に行きますか。

1番

くつや おんな ひと みせ ひと はな おんな ひと くつ か
靴屋で、女の人と店の人が話しています。女の人は、どの靴を買いますか。

こ くつ か
F：子どもの靴を買いたいのですが、ありますか。
おんな こ くつ おとこ こ くつ
M：女の子の靴ですか。男の子の靴ですか。
おんな こ くろ かわ くつ
F：女の子の黒い革の靴で、サイズは 22 センチです。
うえ した
M：上のと下ので、どちらがいいですか。
した
F：そうですね、下のがいいです。

おんな ひと くつ か
女の人は、どの靴を買いますか。

2番

びょういん いしゃ おとこ ひと はな おとこ ひと にち なんかいくすり の
病院で、医者と男の人が話しています。　男の人は、1日に何回薬を飲みますか。

くすり しょくじ あと の
F：この薬は、食事の後飲んでくださいね。
ど しょくじ あと かなら の
M：3度の食事の後、必ず飲むのですか。

F：そうです。朝と昼と夜の食事のあとに飲むのです。1週間分出しますので、忘れないで飲んでくださいね。

M：わかりました。

男の人は、1日に何回薬を飲みますか。

3番

デパートの傘の店で、女の人と店の人が話しています。店の人は、どの傘を取りますか。

F：すみません。そのたなの上の傘を見せてください。

M：長い傘ですか。それとも短い傘ですか。

F：長い、花の絵のついている傘です。

M：あ、これですね。どうぞ。

店の人は、どの傘を取りますか。

4番

男の人と女の人が話しています。二人は、駅まで何で行きますか。

M：もう時間がありませんよ。急ぎましょう。駅まで歩いて30分かかるんですよ。

F：電車の時間まで、あと何分ありますか。

M：30分しかありません。

F：では、バスで行きませんか。

M：あ、ちょうどタクシーが来ました。

F：乗りましょう。

二人は、駅まで何で行きますか。

5番

バスの中で、旅行会社の人が客に話しています。客は、ホテルに着いてから、初めに何をしますか。

M：みなさま、今日は遅くまでおつかれさまでした。もうすぐホテルに着きます。ホテルでは、まず、フロントで鍵をもらってお部屋に入ってください。7時にレストランで食事をしますので、それまで、お部屋で休んでください。明日は10時にバスが出発しますので、それまでに買い物などをして、フロントにあつまってください。

客は、ホテルに着いてから、初めに何をしますか。

6番

男の学生と女の学生が話しています。女の学生は、どんな部屋にするつもりですか。

M：本だなと机といす一つしかないから、広い部屋ですね。

F：はい。机の上も、広い方がいいので、パソコンしかおいていないんです。

M：でも、本を床におかない方がいいですよ。

F：そうですね。次の日曜日、大きい本だなを買いに行きます。

女の学生は、どんな部屋にするつもりですか。

7番

男の人と女の人が話しています。男の人は、来週、何をしますか。

M：来週、お誕生日ですね。ほしいものは何ですか。プレゼントします。

F：ありがとうございます。でも、うちがせまいので、何もいりません。

M：傘はどうですか。それとも、新しい服は？

F：傘は、去年買った黒いのがあります。服も、けっこうです。

M：それじゃ、いっしょに夕ご飯を食べに行きませんか。

F：ええ、では、天ぷらはどうですか。

M：天ぷらはわたしも好きですよ。

男の人は、来週、何をしますか。

問題2

例

会社で、女の人と男の人が話しています。男の人は、会社を出てから、初めにどこへ行きますか。

F：もう帰るのですか。今日は早いですね。何かあるのですか。

M：父の誕生日なのです。これから会社の近くの駅で家族と会って、それからレストランに行って、みんなで夕飯を食べます。

F：おめでとうございます。お父さんはいくつになったのですか。

M：80歳になりました。

F：何かプレゼントもしますか。

M：はい、おいしいお菓子が買ってあります。

男の人は、会社を出てから、初めにどこへ行きますか。

1番

大学の食堂で、女の学生と男の学生が話しています。男の学生は、毎日、何時間ぐらいパソコンを使っていますか。

F：町田さんは、いつも、何時間ぐらいパソコンを使っていますか。

M：そうですね。朝、まず、メールを見たり書いたりするのに30分。夕飯のあと、好きなブログを見たり、インターネットでいろいろと調べたりするのに1時間半ぐらいです。

F：へえ。毎日ずいぶんパソコンを使っているのですね。

男の学生は、毎日、何時間ぐらいパソコンを使っていますか。

2番

男の人と女の人が話しています。女の人の郵便番号は何番ですか。

M：はがきを出したいのですが、あなたの家の郵便番号を教えてください。

F：はい。861 の 3204 です。

M：ええと、861 の 3402 ですね？

F：いいえ、3204 です。それから、この前、町の名前が変わったんですよ。

M：それは知っています。東区春野町から春日町に変わったんですよね。

女の人の郵便番号は何番ですか。

3番

男の人が女の人に、本屋の場所を聞いています。男の人は、何の角を右に曲がりますか。

M：文久堂という本屋の場所を教えてください。

F：この道をまっすぐ行って、二つ目の角を右にまがります。

M：ああ、靴屋さんの角ですね。

F：そうです。その角を曲がって10メートルぐらい行くと喫茶店があります。そのとなりです。

男の人は、何の角を右に曲がりますか。

4番

会社で、男の人と女の人が話しています。男の人は、今日、何時に会社に帰りますか。

M：今から、後藤自動車とつばき銀行に行ってきます。

F：会社に帰るのは何時頃ですか。

M：後藤自動車の人と2時に会います。つばき銀行の人と会うのは4時です。話が終わるのは5時半頃でしょう。

F：あ、じゃあ、その後は、まっすぐ家に帰りますか。

M：そのつもりです。

男の人は、今日、何時に会社に帰りますか。

5番

男の人と女の人が話しています。女の人は、昨日、何をしましたか。

M：昨日の日曜日は、何をしましたか。

F：いつも、日曜日は、自分の部屋のそうじをしたり、洗濯をしたりするのですが、昨日は母とデパートに行きました。

M：そうですか。何か買いましたか。

F：いいえ、何も買いませんでした。あ、ハンカチを1枚だけ買いました。

女の人は、昨日、何をしましたか。

6番

男の人と女の人が話しています。男の人は、何を買ってきましたか。

M：ただいま。

F：買い物、ありがとう。トイレットペーパーは？

M：はい、これです。

F：これはティッシュペーパーでしょう。いるのはトイレットペーパーですよ。それから、せっけんは？

M：あ、わすれました。

男の人は、何を買ってきましたか。

問題3

例
朝、起きました。家族に何と言いますか。

M：1. 行ってきます。

2. こんにちは。

3. おはようございます。

1番
今からご飯を食べます。何と言いますか。

F：1. いただきます。

2. ごちそうさまでした。

3. いただきました。

2番
電車の中で、あなたの前におばあさんが立っています。何と言いますか。

M：1. どうしますか。

2. どうぞ、座ってください。

3. 私は立ちますよ。

3番
家に帰りました。家族に何と言いますか。

F：1. いま帰ります。

2. 行ってきます。

3. ただいま。

4番
店で、棚の中の赤いさいふを買いたいです。店の人に何と言いますか。

F：1. すみませんが、その赤いさいふを見せてください。

2. すみませんが、その赤いさいふを買いませんか。

3. すみませんが、その赤いさいふは売りませんか。

5番

前を歩いていた男の人が、電車の切符を落としました。何と言いますか。

F：1. 切符落としちゃだめじゃないですか。

　　2. 切符なくしましたよ。

　　3. 切符落としましたよ。

問題4

例

F：お国はどちらですか。

M：1. ベトナムです。

　　2. 東からです。

　　3. 日本にやって来ました。

1番

F：今日は何曜日ですか。

M：1. 15日です。

　　2. 火曜日です。

　　3. 午後2時です。

2番

M：これはだれの傘ですか。

F：1. 私にです。

　　2. 秋田さんのです。

　　3. だれのです。

3番

F：きょうだいは何人ですか。

M：1. 両親と兄です。

2. 弟はいません。

3. 私を入れて4人です。

4番

M：あなたの好きな食べ物は何ですか。

F：1. おすしです。

2. トマトジュースです。

3. イタリアです。

5番

M：あなたは、何で学校に行きますか。

F：1. とても遠いです。

2. 地下鉄です。

3. 友だちといっしょに行きます。

6番

F：図書館は何時までですか。

M：1. 午前9時からです。

2. 月曜日は休みです。

3. 午後6時までです。

問題1

1番

店で、女の人と店の人が話しています。女の人は、どのシャツを買いますか。

F：子どものシャツがほしいのですが。

M：犬の絵のと、ねこの絵のと、しまもようのがあります。どれがいいですか。

F：犬の絵のがいいです。

M：今の季節は、涼しいですので……。

F：いえ、夏に着るシャツがいるんです。

女の人は、どのシャツを買いますか。

2番

病院で、医者が女の人に話しています。女の人は、1日に何回歯をみがきますか。

M：ご飯のあとは、すぐに歯をみがいてください。

F：昼ご飯のあともですか。会社につとめていると、歯をみがく時間も場所もないのですが。

M：それなら、朝と夕方のご飯のあとだけでもみがいてください。あ、でも、寝る前にも、もう一度みがくといいですね。

F：わかりました。寝る前にもみがきます。

女の人は、1日に何回歯をみがきますか。

3番

男の人と女の人が話しています。二人は、何時に会いますか。

M：授業は3時に終わるから、学校の前のみどり食堂で、3時20分に会いませんか。

F：あの食堂にはみんな来るからいやです。少し遠いですが、みどり食堂の100メートルぐらい先のあおば喫茶店はどうですか。私は、学校を3時半に出るから、3時40分なら大丈夫です。

M：じゃ、そうしましょう。あおば喫茶店ですね。

二人は、何時に会いますか。

4番

男の人と女の人が話しています。女の人は、明日、何をもっていきますか。

M：明日のハイキングには、何を持っていきましょうか。

F：そうですね。お弁当と飲み物は、私が持っていくつもりです。

M：あ、飲み物は重いから、僕が持っていきますよ。

F：じゃ、私、あめを少し持っていきますね。疲れた時にいいですから。

女の人は、明日、何をもっていきますか。

5番

会社で男の人が話しています。山下さんは、明日の朝、どうしますか。

M：明日は 12 時から、会社でパーティーがあります。お客様は 11 時半ごろには来ますので、みなさんは 11 時までに集まってください。山下さんは、お客様が来る前に、入り口の机の上に、お客様の名前を書いた紙を並べてください。

F：はい、わかりました。

山下さんは、明日の朝、どうしますか。

6番

バス停で、女の人とバス会社の人が話しています。女の人は何番のバスに乗りますか。

F：中町行きのバスは何番から出ていますか。

M：5 番と 8 番です。中町に行きたいのですか。

F：いいえ、中町の三つ前の山下町に行きたいのです。

M：ああ、そうですか。5 番のバスも 8 番のバスも中町行きですが、5 番のバスは、8 番とちがう道をとおりますので、山下町にはとまりません。

F：わかりました。ありがとうございます。

女の人は何番のバスに乗りますか。

7番

駅の前で、男の人と女の人が話しています。男の人は、どこへ行きますか。

M：すみません。中央図書館へ行きたいんですが、この道ですか。

F：はい、この道をまっすぐ進んで、公園の前で右に曲がると中央図書館です。

M：ありがとうございます。

F：でも、歩くと20分くらいかかりますよ。すぐそこに駅前図書館がありますよ。

M：前に中央図書館で借りた本を返しに行くのです。

F：返すだけなら、近くの図書館でも大丈夫ですよ。駅前図書館で返してはいかがですか。

M：わかりました。そうします。

男の人は、どこへ行きますか。

問題2

1番

男の人と女の人が話しています。大山商会の電話番号は何番ですか。

M：大山商会の電話番号を教えてくれますか。

F：ええと、大山商会ですね。0247の98の3026です。

M：0247？それは隣の市だから、違うのではありませんか。

F：あ、ごめんなさい、0247は一つ上に書いてある番号でした。大山商会は、0248の98の3026です。

M：わかりました。ありがとうございます。

大山商会の電話番号は何番ですか。

2番

女の学生と男の学生が話しています。男の学生は、何人の家族で暮らしていますか。

F：渡辺さんは、下に弟さんか妹さんがいるのですか。

M：弟は二人いますが、妹はいません。しかし、姉が二人います。

F：ごきょうだいとご両親で、暮らしているのですか。

M：いえ、それに祖母も一緒です。

F：ご家族が多いんですね。

男の学生は、何人の家族で暮らしていますか。

3番

男の人と女の人が公園で話しています。子どもは、今、どこにいるのですか。

M：こんにちは。今日はお子さんと一緒に公園を散歩しないのですか。

F：子どもは、明日、学校でテストがあるので、自分の部屋で勉強しています。

M：そうですか。何のテストですか。

F：漢字のテストです。明日の午後は一緒に公園に来ますよ。

子どもは、今、どこにいるのですか。

4番

教室で先生が話しています。明日学校でやる練習問題は、何ページの何番ですか。

M：今日は33ページの問題まで終わりましたね。あとの練習問題は宿題にします。

F：えーっ、次の2ページは全部練習問題ですが、この2ページ全部宿題ですか。

M：うーん、ちょっと多いですね。では、34ページの1・2番と、35ページの1番だけにしましょう。

F：34ページの3番と、35ページの2番は、しなくていいのですね。

M：はい。それは、また明日、学校でやりましょう。

明日学校でやる練習問題は、何ページの何番ですか。

5番

女の学生と男の学生が話しています。男の学生は、1日に何時間ぐらいゲームをやりますか。

F：1日に何時間ぐらいゲームをやりますか。

M：朝、起きてから30分、朝ごはんを食べてから、学校に行く前に30分。それから……

F：学校では、ゲームはできませんよね。

M：はい。だから、学校から帰って30分で宿題をやって、夕飯まで、また、ゲームをやります。

F：帰ってからも？どれぐらいですか。

M：6時半ごろ夕飯を食べるから、2時間ぐらいです。

男の学生は、1日に何時間ぐらいゲームをやりますか。

6番

おとこ ひと おんな ひと はな
男の人と女の人が話しています。明日のハイキングに行く人は何人ですか。

F：明日のハイキングには、誰と誰が行くんですか。

M：君と、僕。それから、僕の友達が3人行きたいと言っていました。その中の二人は、奥さんも

いっしょに来ます。

F：そうですか。私の友達も二人来ます。

M：それは、楽しみですね。

あした い ひと なんにん
明日のハイキングに行く人は何人ですか。

問題3

1番

がっこう かえ せんせい あ なん い
学校から帰るとき、先生に会いました。何と言いますか。

F：1. さようなら。

2. じゃ、お元気で。

3. こんにちは。

2番

となり いえ い い ぐち なん い
お隣の家に行きます。入り口で何と言いますか。

F：1. おーい。

2. ごめんください。

3. 入りましたよ。

3番

ほん か かえ なん い
おじさんに、本を借りました。返すとき、何と言いますか。

M：1. ごちそうさまでした。

2. 失礼しました。

3. ありがとうございました。

4番

八百屋でトマトを買います。お店の人に何と言いますか。

F：1. トマトをください。

　　2. トマト、いりますか。

　　3. トマトを買いました。

5番

友達が新しい服を着ています。何と言いますか。

F：1. ありがとう。

　　2. きれいなスカートですね。

　　3. どういたしまして。

問題4

1番

F：今、何時ですか。

M：1. 3月3日です。

　　2. 12時半です。

　　3. 5分間です。

2番

M：今日の夕飯は何ですか。

F：1. 7時にはできますよ。

　　2. カレーライスです。

　　3. レストランには行きません。

3番

M：そのサングラス、どこで買ったんですか。

F：1. 安かったです。

2. 駅の前のめがね屋さんです。

3. 先週の日曜日です。

4番

M：荷物が重いでしょう。私が持ちましょうか。

F：1. いえ、大丈夫です。

2. そうしましょう。

3. どういたしまして。

5番

F：今、どんな本を読んでいるのですか。

M：1. はい、そうです。

2. やさしい英語の本です。

3. 図書館で借りました。

6番

F：えんぴつを貸してくださいませんか。

M：1. はい、どうぞ。

2. ありがとうございます。

3. いいえ、いいです。

N5模擬試験　第三回

（此回合例題請參照第一回合例題）

問題1

1番

店で、男の子と店の人が話しています。男の子は、どのパンを買いますか。

M：甘いパンをください。

F：甘いのはいろいろありますよ。どれがいいですか。

M：甘いパンの中で、いちばん安いのはどれですか。

F：この3個100円のパンがいちばん安いです。いくつ買いますか。

M：6個ください。

男の子は、どのパンを買いますか。

2番

女の学生と男の学生が話しています。男の学生は、明日、何をしますか。

F：明日の土曜日は何をしますか。

M：今週は忙しくてよく寝なかったので、明日は一日中、寝ます。園田さんは？

F：午前中掃除や洗濯をして、午後はデパートに買い物に行きます。

M：デパートは、僕も行きたいです。あ、でも、宿題もまだでした。

F：えっ、あの宿題、月曜日まででしょう。1日では終わりませんよ。

男の学生は、明日、何をしますか。

3番

女の人と男の人が話しています。女の人は、これからどうしますか。

F：今日のお天気はどうですか。

M：テレビでは、曇りで、夕方から雨と言っていましたよ。

F：それでは、傘を持ったほうがいいですね。

M：3時頃までは大丈夫ですよ。

F：でも、帰りはたぶん5時頃になりますから、雨が降っているでしょう。

M：雨が降ったときは、僕が駅まで傘を持っていきますよ。

F：それでは、お願いします。

女の人は、これからどうしますか。

4番

女の人が外国人と話しています。女の人は、どんな料理を作りますか。

F：どんな料理が食べたいですか。

M：日本料理が食べたいです。

F：日本料理にはいろいろありますが、肉と魚ではどちらが好きですか。

M：そうですね。魚が好きです。

F：おはしを使うことができますか。

M：大丈夫です。

F：わかりました。できたらいっしょに食べましょう。

女の人は、どんな料理を作りますか。

5番

男の人と女の人が電話で話しています。男の人は何を買って帰りますか。

M：もしもし、今、駅に着きましたが、何か買って帰るものはありますか。

F：コーヒーをお願いします。

M：コーヒーだけでいいんですか。お茶は？

F：お茶はまだあります。あ、そうだ、コーヒーに入れる砂糖もお願いします。

M：わかりました。では、また。

男の人は何を買って帰りますか。

6番

女の人と店の人が話しています。女の人はどのコートを買いますか。

F：コートを買いたいのですが。

M：いろいろありますが、どんなコートですか。

F：長くて厚い冬のコートは持っていますので、春のコートがほしいです。

M：色や形は？

F：短くて白いコートがいいです。

M：それでは、このコートはいかがでしょう。

F：大きいボタンがかわいいですね。それを買います。

女の人はどのコートを買いますか。

7番

店で、女の人と店の人が話しています。女の人は、何を買いますか。

F：カメラを見せてください。

M：旅行に持って行くのですか。

F：はい、そうです。ですから、小さくて軽いのがいいです。

M：それなら、このカメラがいいですよ。カメラを入れるケースもあるほうがいいですね。

F：わかりました。それと、フィルムを1本ください。

M：はい。このフィルムはとてもきれいな色が出ますよ。

F：では、そのフィルムをください。

女の人は、何を買いますか。

問題2

1番

女の人と男の人が話しています。男の人はこれから何を買いますか。

F：何をさがしているのですか。

M：手紙を書きたいんです。ボールペンはどこでしょう。

F：手紙は万年筆で書いたほうがいいですよ。

M：そうですね。じゃあ、万年筆で書きます。書いてから、郵便局に行きます。

F：ポストなら、すぐそこにありますよ。

M：いえ、切手を買いたいんです。

男の人はこれから何を買いますか。

2番

会社で、女の人と男の人が話しています。男の人は、1週間に何キロメートル走っていますか。

F：竹内さんは、毎日走っているんですか。

M：1週間に3回走ります。1回に5キロメートルずつです。

F：いつ走っているんですか。

M：朝です。だけど、土曜日は夕方です。

男の人は、1週間に何キロメートル走っていますか。

3番

女の人と男の人が話しています。男の人が結婚したのは何年前ですか。

F：木村さんは何歳のときに結婚したんですか。

M：27歳で結婚しました。

F：へえ、そうなんですか。ところで、今、何歳ですか。

M：30歳です。

F：奥さんは何歳だったのですか。

M：25歳でした。

男の人が結婚したのは何年前ですか。

4番

男の人と女の人が話しています。男の人は、だれといっしょに出かけますか。

M：長沢さん、あのう、ぼくちょっと出かけます。

F：え、一人で銀行に行くつもりですか。私も行きますから、ちょっと待ってください。

M：あ、ぼくは買い物に行くだけですから、一人で大丈夫です。銀行には、加藤さんが行きます。

F：そうなんですか。銀行には、加藤さんが一人で行くんですか。

M：はい。社長が、長沢さんにはほかの仕事を頼みたいと言っていました。

男の人は、だれといっしょに出かけますか。

5番

男の人と女の人が話しています。女の人はどこで昼ごはんを食べますか。

M：12時ですね。本屋のそばの喫茶店に何か食べに行きませんか。

F：そうですねえ。でも……。

M：でも、何ですか。まだ食べたくないのですか。

F：そうではありませんが……。

M：どうしたんですか。

F：吉野くんが、いっしょにまるみや食堂で食べましょうと言っていたので……。

M：ああ、それでは、僕は大学の食堂で食べますよ。

女の人はどこで昼ごはんを食べますか。

6番

女の人と男の人が話しています。男の人は、昨日の午前中、何をしましたか。

F：昨日は何をしましたか。

M：宿題をしました。

F：一日中、宿題をしていたのですか。

M：いいえ、午後は海に行きました。

F：えっ、今は12月ですよ。海で泳いだのですか。

M：いえ、海の写真を撮りに行ったのです。

F：いい写真が撮れましたか。

M：だめでしたので、海のそばの食堂で、おいしい魚を食べて帰りましたよ。

男の人は、昨日の午前中、何をしましたか。

問題3

1番

店に人が入ってきました。店の人は何と言いますか。

F：1．ありがとうございました。

　　2．また、どうぞ。

　　3．いらっしゃいませ。

2番

知らない人に水をかけました。何と言いますか。

F：1．すみません。

　　2．こまります。

　　3．どうしましたか。

3番

会社で、知らない人にはじめて会います。何と言いますか。

M：1. ありがとうございます。

2. はじめまして。

3. 失礼しました。

4番

学校から家に帰ります。友だちに何と言いますか。

M：1. じゃ、また明日。

2. ごめんなさいね。

3. こちらこそ。

5番

ねます。家族に何と言いますか。

F：1. こんばんは。

2. おねなさい。

3. おやすみなさい。

問題4

1番

F：いつから歌を習っているのですか。

M：1. いつもです。

2. 12年間です。

3. 6歳のときからです。

2番

M：どこがいたいのですか。

F：1. はい、そうです。

2. 足です。

3. とてもいたいです。

3番

M：この仕事はいつまでにやりましょうか。

F：1. 夕方までです。

2. どうかやってください。

3. 大丈夫ですよ。

4番

M：いっしょに旅行に行きませんか。

F：1. はい、行きません。

2. いいえ、行きます。

3. はい、行きたいです。

5番

F：暗くなったので、電気をつけますね。

M：1. つけるでしょうか。

2. はい、つけてください。

3. いいえ、つけます。

6番

F：あなたは何人きょうだいですか。

M：1. 3人です。

2. 弟です。

3. 5人家族です。

（此回合例題請參照第一回合例題）

問題1

1番

男の人と女の人が話しています。女の人は、どれを取りますか。

M：今井さん、カップを取ってくださいませんか。

F：これですか。

M：それはお茶碗でしょう。コーヒーを飲むときのカップです。

F：ああ、こっちですね。

M：ええ、同じものが3個あるでしょう。2個取ってください。2時にお客さんが来ますから。

女の人は、どれを取りますか。

2番

女の学生と男の学生が話しています。男の学生はこのあとどうしますか。

F：もう宿題は終わりましたか。

M：まだなんです。うちの近くの本屋さんには、いい本がありませんでした。

F：本屋さんは、まんがや雑誌などが多いので、図書館の方がいいですよ。先生に聞きました。

M：そうですね。図書館に行って本をさがします。

男の学生はこのあとどうしますか。

3番

女の人と男の人が話しています。二人は、いつ海に行きますか。

F：毎日、暑いですね。

M：ああ、もう7月7日ですね。

F：いっしょに海に行きませんか。

M：7月中は忙しいので、来月はどうですか。

F：13日の水曜日から、おじいさんとおばあさんが来るんです。

M：じゃあ、その前の日曜日の10日に行きましょう。

二人は、いつ海に行きますか。

4番

女の人と男の人が話しています。女の人は、明日何時ごろ電話しますか。

F：明日の午後、電話したいんですが、いつがいいですか。

M：明日は、仕事が12時半までで、そのあと、午後の1時半にはバスに乗るから、その前に電話
　　してください。

F：わかりました。じゃあ、仕事が終わってから、バスに乗る前に電話します。

女の人は、明日何時ごろ電話しますか。

5番

駅で、男の人が女の人に電話をかけています。男の人は、初めにどこに行きますか。

M：今、駅に着きました。

F：わかりました。では、5番のバスに乗って、あおぞら郵便局というところで降りてください。
　　15分ぐらいです。

M：2番のバスですね。郵便局の前の……。

F：いいえ、5番ですよ。郵便局は降りるところです。

M：ああ、そうでした。わかりました。駅の近くにパン屋があるので、おいしいパンを買っていき
　　ますね。

F：ありがとうございます。では、郵便局の前で待っています。

男の人は、初めにどこに行きますか。

6番

男の人と女の人が話しています。男の人はどれを使いますか。

M：行ってきます。

F：えっ、上に何も着ないで出かけるんですか。

M：ええ、朝は寒かったですが、今はもう暖かいので、いりません。

Ｆ：でも、今日は午後からまた寒くなりますよ。

Ｍ：そうですか。じゃ、着ます。

男の人はどれを使いますか。

7番

女の人と男の人が話しています。男の人は卵を全部で何個買いますか。

Ｆ：スーパーで卵を買ってきてください。

Ｍ：箱に10個入っているのでいいですか。

Ｆ：お客さんが来るので、それだけじゃ少ないです。

Ｍ：あと何個いるんですか。

Ｆ：箱に6個入っているのがあるでしょう。それもお願いします。

Ｍ：わかりました。

男の人は卵を全部で何個買いますか。

問題2

1番

女の人が、男の人に話しています。女の人のねこはどれですか。

Ｆ：私のねこがいなくなったのですが、知りませんか。

Ｍ：どんなねこですか。

Ｆ：まだ子どもなので、あまり大きくありません。

Ｍ：どんな色ですか。

Ｆ：右の耳と右の足が黒くて、ほかは白いねこです。

女の人のねこはどれですか。

2番

女の人と男の人が話しています。男の人はどうして海が好きなのですか。

F：今年の夏、山と海と、どちらに行きたいですか。

M：海です。

F：なぜ海に行きたいのですか。泳ぐのですか。

M：いえ、泳ぐのではありません。おいしい魚が食べたいからです。

F：そうですか。私は山に行きたいです。山は涼しいですよ。それから、山にはいろいろな花がさ

いています。

男の人はどうして海が好きなのですか。

3番

男の人と女の人が話しています。男の人のお兄さんはどの人ですか。

M：私の兄が友だちと写っている写真です。

F：どの人がお兄さんですか。

M：白いシャツを着ている人です。

F：眼鏡をかけている人ですか。

M：いいえ、眼鏡はかけていません。本を持っています。兄はとても本が好きなのです。

男の人のお兄さんはどの人ですか。

4番

男の人と女の人が話しています。女の人は、いつ、ギターの教室に行きますか。

M：おや、ギターを持って、どこへ行くのですか。

F：ギターの教室です。3年前からギターを習っています。

M：毎日、教室に行くのですか。

F：いいえ。火曜日の午後だけです。

M：家でも練習しますか。

F：仕事が終わったあと、家でときどき練習します。

女の人は、いつ、ギターの教室に行きますか。

5番

男の人と女の人が話しています。女の人は、日曜日の午後、何をしましたか。

M：日曜日は、何をしましたか。

F：雨が降ったので、洗濯はしませんでした。午前中、部屋の掃除をして、午後は出かけました。

M：へえ、どこに行ったのですか。

F：家の近くの喫茶店で、コーヒーを飲みながら音楽を聞きました。

M：買い物には行きませんでしたか。

M：行きませんでした。

女の人は、日曜日の午後、何をしましたか。

6番
男の留学生と女の学生が話しています。男の留学生が質問している字はどれですか。

M：ゆみこさん、これは「おおきい」という字ですか。

F：いえ、ちがいます。

M：それでは、「ふとい」という字ですか。

F：いいえ。「ふとい」という字は、「おおきい」の中に点がついています。でも、この字は「大きい」
　　の右上に点がついていますね。

M：なんと読みますか。

F：「いぬ」と読みます。

男の留学生が質問している字はどれですか。

問題3

1番
友だちが「ありがとう。」と言いました。何と言いますか。

F：1. どういたしまして。

　　2. どうしまして。

　　3. どういたしましょう。

2番
夜、道で人に会いました。何と言いますか。

M：1. こんばんは。

    2. こんにちは。

    3. 失礼します。

3番

ご飯が終わりました。何と言いますか。

M：1. ごちそうさま。

    2. いただきます。

    3. すみませんでした。

4番

映画館でいすにすわります。隣の人に何と言いますか。

M：1. ここにすわっていいですか。

    2. このいすはだれですか。

    3. ここにすわりましたよ。

5番

友達と映画に行きたいです。何と言いますか。

M：1. 映画を見ましょうか。

    2. 映画を見ますね。

    3. 映画を見に行きませんか。

問題4

1番

F：コーヒーと紅茶とどちらがいいですか。

M：1. はい、そうしてください。

    2. コーヒーをお願いします。

    3. どちらもいいです。

2番

M：ここに名前を書いてくださいませんか。

F：1. はい、わかりました。

2. どうも、どうも。

3. はい、ありがとうございました。

3番

M：どうしたのですか。

F：1. 財布がないからです。

2. 財布をなくしたのです。

3. 財布がなくて困ります。

4番

M：この車には何人乗りますか。

F：1. 私の車です。

2. 3人です。

3. 先に乗ります。

5番

F：何時ごろ、出かけましょうか。

M：1. 10時ごろにしましょう。

2. 8時に出かけました。

3. お兄さんと出かけます。

6番

F：ここには、何回来ましたか。

M：1. 10歳のときに来ました。

2. 初めてです。

3. 母と来ました。

N5模擬試験　第五回

（エヌ　も ぎ し けん　だい ご かい）

（此回合例題請參照第一回合例題）

問題1

1番

（おとこ ひと　おんな ひと　はな）
男の人と女の人が話しています。男の人は、この後、何を食べますか。

M：晩ご飯、おいしかったですね。この後、何か食べますか。

F：果物が食べたいです。それから、紅茶もほしいです。

M：僕は、果物よりおかしが好きだから、ケーキにします。

F：私もケーキは好きですが、太るので、晩ご飯の後には食べません。

男の人は、この後、何を食べますか。

2番

学校で、女の人と男の人が話しています。男の人は、後でどこに行きますか。

F：山田先生があなたをさがしていましたよ。

M：えっ、どこでですか。

F：教室の前のろうかでです。あなたのさいふが学校の食堂に落ちていたと言っていましたよ。

M：そうですか。山田先生は今、どこにいるのですか。

F：さっきまで先生方の部屋にいましたが、もう授業が始まったので、B組の教室にいます。

M：じゃ、授業が終わる時間に、ちょっと行ってきます。

男の人は、後でどこに行きますか。

3番

店で、女の人と店の人が話しています。店の人は、どのかばんを取りますか。

F：子どもが学校に持っていくかばんはありますか。

M：お子さんはいくつですか。

F：12歳です。

M：では、あれはどうですか。絵がついていない、白いかばんです。大きいので、にもつがたくさ

　　ん入りますよ。動物の絵がついているのは、小さいお子さんが使うものです。

店の人は、どのかばんを取りますか。

4番

女の留学生と男の留学生が話しています。男の留学生は、夏休みにまず何をしますか。

F：夏休みには、何をしますか。

M：プールで泳ぎたいです。本もたくさん読みたいです。それから、すずしいところに旅行にも行

　　きたいです。

F：わたしの学校は、夏休みの宿題がたくさんありますよ。あなたの学校は？

M：ありますよ。日本語で作文を書くのが宿題です。宿題をやってから遊ぶつもりです。

男の留学生は、夏休みにまず何をしますか。

5番

ペットの店で、男のお店の人と女の客が話しています。女の客はどれを買いますか。

M：あの大きな犬はいかがですか。

F：家がせまいから、小さい動物の方がいいんですが。

M：では、あの毛が長くて小さい犬は？かわいいでしょう。

F：あのう、犬よりねこの方が好きなんです。

M：じゃ、あの白くて小さいねこは？かわいいでしょう。

F：あ、かわいい。まだ子ねこですね。

M：鳥も小さいですよ。

F：いえ、もうあっちに決めました。

女の客はどれを買いますか。

6番

女の人と男の人が話しています。男の人は、このあと初めに何をしますか。

F：おかえりなさい。寒かったでしょう。今、部屋を暖かくしますね。

M：うん、ありがとう。

Ｆ：熱いコーヒーを飲みますか。すぐ晩ご飯を食べますか。

Ｍ：晩ご飯の前に、おふろのほうがいいです。

Ｆ：どうぞ。おふろも用意してあります。

男の人は、このあと初めに何をしますか。

7番

男の人とホテルの女の人が話しています。男の人は、どこで晩ご飯を食べますか。

Ｍ：晩ご飯をまだ食べていません。近くにレストランはありますか。

Ｆ：駅の近くにありますが、ホテルからは遠いです。タクシーを呼びましょうか。

Ｍ：そうですね……。パン屋はありますか。

Ｆ：パンは、ホテルの中の店で売っています。

Ｍ：そうですか。疲れていますので、パンを買って、部屋で食べたいです。

Ｆ：パン屋はフロントの前です。

男の人は、どこで晩ご飯を食べますか。

問題2

1番

男の留学生と日本の女の人が話しています。「つゆ」とは何ですか。

Ｍ：今日も雨で、嫌ですね。

Ｆ：日本では、6月ごろは雨が多いんです。「つゆ」と言います。

Ｍ：雨がたくさん降るのが「つゆ」なんですね。

Ｆ：いいえ。秋にも雨がたくさん降りますが、「つゆ」とは言いません。

Ｍ：6月ごろ降る雨の名前なんですか。知りませんでした。

「つゆ」とは何ですか。

2番

女の人と男の人が話しています。女の人は、どんな結婚式をしたいですか。

F：昨日、姉が結婚しました。

M：おめでとうございます。

F：ありがとうございます。

M：にぎやかな結婚式でしたか。

F：はい、友達がおおぜい来て、みんなで歌を歌いました。

M：よかったですね。あなたはどんな結婚式がしたいですか。

F：私は、家族だけの静かな結婚式がしたいです。

M：それもいいですね。私は、どこか外国で結婚式をしたいです。

女の人は、どんな結婚式をしたいですか。

3番

女の人と男の人が、電話で話しています。今、男の人がいるところは、どんな天気ですか。

F：寒くなりましたね。

M：そうですね。テレビでは、午前中はくもりで、午後から雪が降ると言っていましたよ。

F：そうなんですか。そちらでは、雪はもう降っていますか。

M：まだ、降っていません。でも、今、雨が降っているので、夜は雪になるでしょう。

今、男の人がいるところは、どんな天気ですか。

4番

男の人と女の人が話しています。女の人は、ぜんぶでいくら買い物をしましたか。

M：たくさん買い物をしましたね。お酒も買ったのですか。いくらでしたか。

F：1本1,500円です。2本買いました。

M：お酒は高いですね。そのほかに何を買いましたか。

F：パンとハム、それに卵を買いました。パーティーの料理にサンドイッチを作ります。

M：パンとハムと卵でいくらでしたか。

F：2,500円でした。

女の人は、ぜんぶでいくら買い物をしましたか。

5番

おんな がくせい おとこ がくせい はな
女の学生と男の学生が話しています。二人は、今日は何で帰りますか。

F：あ、佐々木さん。いつもこのバスで帰るんですか。

M：いいえ、お金がないから、自転車です。天気が悪いときは、歩きます。

F：今日はどうしたんですか。

M：足が痛いんです。小野さんは、いつも地下鉄ですよね。

F：ええ、でも今日は、電気が止まって地下鉄が走っていないんです。

M：そうですか。

ふたり きょう なに かえ
二人は、今日は何で帰りますか。

6番

おんな ひと みせ おとこ ひと はな
女の人と店の男の人が話しています。女の人はかさをいくらで買いましたか。

F：すみません。このかさは、いくらですか。

M：2,500円です。前は2,800円だったのですよ。

F：300円安くなっているのですね。同じかさで、赤いのはないですか。

M：ないですね。では、もう200円安くしますよ。買ってください。

F：じゃあ、そのかさをください。

おんな ひと か
女の人はかさをいくらで買いましたか。

問題3

1番

む こう にもつ なん い
向こうにある荷物がほしいです。何と言いますか。

F：1. すみませんが、あの荷物を取ってくださいませんか。

　　2. おつかれさまですが、あれを取りませんか。

　　3. 大丈夫ですが、あれを取ってください。

2番

先生の部屋から出ます。何と言いますか。

M：1. おはようございます。

2. 失礼しました。

3. おやすみなさい。

3番

会社に遅れました。会社の人に何と言いますか。

M：1. 僕も忙しいのです。

2. 遅れたかなあ。

3. 遅れて、すみません。

4番

ボールペンを忘れました。そばの人に何と言いますか。

F：1. ボールペンを貸してくださいませんか。

2. ボールペンを借りてくださいませんか。

3. ボールペンを貸しましょうか。

5番

メロンパンを買います。何と言いますか。

M：1. メロンパンでもください。

2. メロンパンをください。

3. メロンパンはおいしいですね。

問題4

1番

F：誕生日はいつですか。

Ｍ：1. 8月3日です。

2. 24歳です。

3. まだです。

2番

Ｍ：この花はいくらですか。

Ｆ：1. スイートピーです。

2. 3本で400円です。

3. 春の花です。

3番

Ｍ：きらいな食べ物はありますか。

Ｆ：1. 野菜がきらいです。

2. くだものがすきです。

3. スポーツがきらいです。

4番

Ｆ：この洋服、どうでしょう。

Ｍ：1. 5,800円ぐらいでしょう。

2. 白いシャツです。

3. きれいですね。

5番

Ｆ：外国旅行は好きですか。

Ｍ：1. 好きな方です。

2. はい、行きました。

3. いいえ、ありません。

6番

Ｆ：あなたの国は、どんなところですか。

M：1. おいしいところです。

　　2. とてもかわいいです。

　　3. 海がきれいなところです。

N5模擬試験　第六回

（此回合例題請參照第一回合例題）

問題1

1番

デパートで、男の人と店の人が話しています。男の人はどのネクタイを買いますか。

M：青いシャツにしめるネクタイを探しているんですが……。

F：何色が好きですか。

M：ここにあるのは、どれもいい色ですね。

F：何の絵のがいいですか。

M：ガラスのケースの中の、鍵の絵のはおもしろいですね。青いシャツにも合うでしょうか。

F：大丈夫ですよ。

男の人はどのネクタイを買いますか。

2番

男の人と女の人が話しています。男の人ははじめにどこへ行きますか。

M：これから銀行に行くんですが、この手紙、家の前のポストに入れましょうか。

F：いえ、それは、まだ切手を貼っていないので、あとでわたしが郵便局に行って出しますよ。

M：それじゃ、銀行に行く前にぼくが郵便局に行きますよ。

F：そう。では、そうしてください。

M：わかりました。銀行に行ってお金を預けたら、すぐ帰ります。

男の人ははじめにどこへ行きますか。

3番

お母さんが子どもたちに話しています。まり子は何をしますか。

F1：今日はおじいさんの誕生日ですから、料理をたくさん作りますよ。はな子はテーブルにお皿を
　　並べて、さち子は冷蔵庫からお酒を出してください。

F2：わたしは？

F1：まり子は、テーブルに花をかざってください。

まり子は何をしますか。

4番

女の人と男の人が話しています。男の人は、何で病院に行きますか。

F：顔色が青いですよ。

M：電車の中でおなかが痛くなったんです。

F：すぐ、近くの病院へ行った方がいいですね。

M：でも、病院まで歩きたくありません。

F：自転車は？

M：いえ、すみませんが、タクシーをよんでくださいませんか。

男の人は、何で病院に行きますか。

5番

会社で、女の人と男の人が話しています。男の人は今から何をしますか。

F：佐藤さん、ちょっといいですか。

M：何でしょう。今、仕事で使う本を読んでいるんですが。

F：ちょっと買い物を頼みたいんです。

M：2時にお客さんが来ますよ。

F：その、お客さんに出すものですよ。

M：わかりました。何を買いましょうか。

F：何か果物をお願いします。私はお茶の用意をします。

男の人は今から何をしますか。

6番

女の人と店の男の人が話しています。店の男の人はどの時計をとりますか。

F：時計を買いたいのですが。

M：壁にかける大きな時計ですか。机の上などに置く時計ですか。

F：いえ、腕にはめる腕時計です。目が悪いので、数字が大きくてはっきりしているのがいいです。

M：わかりました。ちょうどいいのがありますよ。

店の男の人はどの時計をとりますか。

7番

女の人と男の人が話しています。男の人は、何で名前を書きますか。

F：ここに名前を書いてください。

M：はい。鉛筆でいいですね。

F：いえ、鉛筆はよくないです。

M：どうしてですか。

F：鉛筆の字は消えるので、ボールペンか、万年筆で書いてください。色は、黒か青です。

M：わかりました。万年筆は持っていないので、これでいいですね。

F：はい、青のボールペンなら大丈夫です。

男の人は、何で名前を書きますか。

問題2

1番

男の人が、外国から来た友達に話をしています。たたみのへやに入るときは、どうしますか。

M：家に入るときは、げんかんでくつをぬいでください。

F：くつをぬいで、スリッパをはくのですね。

M：そうです。あ、ここでは、スリッパもぬいでください。

F：えっ、スリッパもぬぐのですか。どうしてですか。

M：たたみのへやでは、スリッパははかないのです。あ、くつしたはそのままでいいですよ。

たたみのへやに入るときは、どうしますか。

2番

女の留学生と、男の先生が話しています。女の留学生は、なんという言葉の読み方がわかりません
でしたか。

F：先生、この言葉の読み方がわかりません。教えてください。

M：この言葉ですか。「さいふ」ですよ。

F：それは何ですか。

M：お金を入れる入れ物のことですよ。

F：ああ、そうですか。ありがとうございました。

女の留学生は、なんという言葉の読み方がわかりませんでしたか。

3番

パーティーで、女の人と男の人が話しています。男の人は、初めに何をしたいですか。

F：冷たい飲み物はいかがですか。

M：今は飲み物はいりません。灰皿を貸してくださいませんか。

F：たばこは外で吸ってください。こちらです。

M：ああ、ありがとう。きれいな庭ですね。たばこを吸ってから、中でおすしをいただきます。

男の人は、初めに何をしたいですか。

4番

会社で、男の人と女の人が話しています。会社に来たのは、どの人ですか。

M：増田さんがいないとき、井上さんという人が来ましたよ。

F：男の人でしたか。

M：いいえ、女の人でした。仕事で来たのではなくて、増田さんのお友達だと言っていましたよ。

F：井上という女の友達は、二人います。どちらでしょう。眼鏡をかけていましたか。

M：いいえ、眼鏡はかけていませんでした。背が高い人でしたよ。

会社に来たのは、どの人ですか。

5番

おとこ ひと おんな ひと はな おんな ひと あか
男の人と女の人が話しています。女の人の赤ちゃんは、いつうまれましたか。

ねんまえ とうきょう き けっこん
M：あなたは3年前に東京に来ましたね。いつ結婚しましたか。

いま ねんまえ きょねん あき こ う
F：今から2年前です。去年の秋に子どもが生まれました。

おとこ こ
M：男の子ですか。

おんな こ
F：いいえ、女の子です。

にん か ぞく
M：3人家族ですね。

ことし はる いぬ わたし か ぞく
F：ええ。でも、今年の春から犬も私たちの家族になりました。

おんな ひと あか
女の人の赤ちゃんは、いつうまれましたか。

6番

おとこ ひと おんな ひと はな ふたり ゆうめい ばん はん た
男の人と女の人が話しています。二人はどうして有名なレストランで晩ご飯を食べませんか。

みせ ばん はん た
M：あのきれいな店で晩ご飯を食べましょう。

みせ ゆうめい かね
F：あの店は有名なレストランです。お金がたくさんかかりますよ。

だいじょうぶ かね も
M：大丈夫ですよ。お金はたくさん持っています。

ちが みせ い
F：でも、違うお店に行きましょう。

M：どうしてですか。

ひと みせ はい
F：ネクタイをしめていない人は、あの店に入ることができないのです。

えき ちか しょくどう い
M：そうですか。では、駅の近くの食堂に行きましょう。

ふたり ゆうめい ばん はん た
二人はどうして有名なレストランで晩ご飯を食べませんか。

問題3

1番

ひと はなし なん い
人の話がよくわかりませんでした。何と言いますか。

いち ど はな
F：1. もう一度話してください。

2. もしもし。

3. よくわかりました。

2番

おいしい料理を食べました。何と言いますか。

M：1. よくできましたね。

　　2. とてもおいしかったです。

　　3. ごちそうしました。

3番

バスに乗ります。バスの会社の人に何と聞きますか。

M：1. このバスですか。

　　2. 山下駅はどこですか。

　　3. このバスは、山下駅に行きますか。

4番

客に肉の焼き方を聞きます。何と言いますか。

M：1. よく焼いたほうがおいしいですか。

　　2. 焼き方はどれくらいがいいですか。

　　3. 何の肉が好きですか。

5番

部屋にいる人たちがうるさいです。何と言いますか。

M：1. 少し、静かにしてください。

　　2. 少し、うるさくしてくださいませんか。

　　3. 少してつだってください。

問題4

1番

F：あなたは今いくつですか。

M：1. ５人家族です。
　　2. 22歳です。
　　3. 日本に来て８年です。

2番

M：どこで写真をとったのですか。

F：1. このレストランでとりたいです。
　　2. あのレストランです。
　　3. いいえ、とりません。

3番

M：どの人が鈴木さんですか。

F：1. 私の友達です。
　　2. あの、青いシャツを着ている人です。
　　3. 1年前に日本に来ました。

4番

M：いちばん好きな色は何ですか。

F：1. 黄色です。
　　2. 青いのです。
　　3. 赤い花です。

5番

F：もう晩ご飯を食べましたか。

M：1. いいえ、まだです。
　　2. はい、まだです。
　　3. いいえ、食べました。

6番

M：ご主人は何で会社に行きますか。

F：1. 1時間です。

　　2. 電車です。

　　3. 毎日です。

MEMO

合格全攻略！新日檢 6 回全真模擬試題 N5

【讀解‧聽力‧言語知識〈文字‧語彙‧文法〉】

（16K ＋ 6 回聽解 MP3）

2014年9月　初版

發行人 ● 林德勝

作者 ● 山田社日檢題庫小組‧吉松由美‧田中陽子‧西村惠子

出版發行 ● 山田社文化事業有限公司

106台北市大安區安和路一段112巷17號7樓

Tel：02-2755-7622

Fax：02-2700-1887

郵政劃撥 ● 19867160號　大原文化事業有限公司

網路購書 ● 日語英語學習網　http://www.daybooks.com.tw

總經銷 ● 聯合發行股份有限公司

新北市新店區寶橋路235巷6弄6號2樓

Tel：02-2917-8022

Fax：02-2915-6275

印刷 ● 上鎰數位科技印刷有限公司

法律顧問 ● 林長振法律事務所　林長振律師

定價 ● 新台幣280元

STS

STS